INSPIRIA

W0278647

читай и слушай:

Аудио

Плейлист

Видео

УДК 821.161.1-31
ББК 84(2Рос=Рус)6-44
Б91

Художественное оформление серии
Константина Гусарева

Издательство выражает благодарность
литературному агенту *Анне Сухобок*
за помощь в приобретении прав

Буржская, Ксения.

Б91 Мой белый / Ксения Буржская. – Москва : Эксмо, 2021. – 256 с.

ISBN 978-5-04-118090-4

Если смешать все оттенки видимой части цветового спектра, то получится белый. Цвет снега. Цвет рамочки полароида. Цвет флага, который выбрасывают, если сдаются, потому что больше нет сил выдерживать боль или любовь, нет сил надеяться. Старшеклассница Женя связывает с белым цветом самые драгоценные моменты своей жизни – когда ее мамы были вместе, и в их общий дом еще не пришла измена; когда на белоснежных листах бумаги, она писала новые и новые письма музыканту Лене, чувства к которому захватили все ее существо. Человеческая близость, человеческое счастье – есть ли что-то более хрупкое? Даже первый снег, кажется, лежит на земле дольше.

У книги Ксении Буржской есть волшебное свойство – после ее прочтения начинаешь острее чувствовать кожей прохладные потоки счастья и то, как они день за днем безвозвратно тают в ежедневной суете. Да, ничего нельзя вернуть или удержать, но можно вовремя нажать на кнопку «внутреннего полароида».

УДК 821.161.1-31
ББК 84(2Рос=Рус)6-44

ISBN 978-5-04-118090-4

МОЙ

КСЕНИЯ БУРЖСКАЯ

БЕЛЫЙ

INSPIRIA

МОСКВА
2021

Предисловие

Ксения Буржская написала маленький ослепительный роман, ослепительный в буквальном смысле: столько в нем слепящего солнца, столько слепящего снега, столько белизны, столько воды. И вспышки фотоаппарата, запечатлевающего мгновения жизни.

Дороги, города, снегопады, пляжи, коробки с вещами, поезда, запахи гвоздики и дыма, «сосульки, как бороды лесных царей», рыбы и острова, и снова дороги. И письма, письма, письма,

Это роман о любви, где все любят всех: девочка — мальчика, женщина — женщину, дочка — своих матерей, и вот уже всё смешалось, и вот уже не различить, кто кого любит и кто кого сводит с ума, потому что тут во всю силу звучит, и поет, и поднимается к темному, заснеженному, набухшему тучами небу чистый голос того высокого, того невыразимого чувства, торжества, экстаза, стремления, рвения, счастья, смешанного со страданием, но никогда, никогда не спускающегося в низины нытья, канюченья и вялой депрессии.

В этом романе много слез, но нет горя. В этом романе много разлук, но нет пустоты и отчаяния.

Всё — на взводе. Всё — на взведенном курке. Все — на натянутой тетиве. И — да, ружье стреляет; да — стрела вылетает и пронзает сердце, и одно, и другое, и третье, или что ей там полагается пронзать, но никого не убивает, потому что всё это — радость. Все это — торжество жизни. Все это — любовь. Огромная охапка снежных роз. И солнце.

И никто никогда не умрет.

Татьяна ТОЛСТАЯ

Однажды утром белка написала письмо муравью:
Дорогой муравей!
Я хочу тебе кое-что сказать,
но, наверное, лучше об этом написать.
Поэтому я и пишу.
Хотя, может быть, лучше все-таки сказать.

Белка

Тоон Теллеген.
Письма только для своих

Те, кто любил нас, ничему нас не научили.
Нас всему научили те, кто нас не любил.

Линор Горалик.
Три текста

Глава 1

ВЕРА

Моя мать любила не меня. Я отвечала ей тем же: мы обе были влюблены в одну и ту же женщину по имени Вера, крепкую и уверенную в своей правоте, нервную, как натянутая струна, и сильную, как мистраль. Возле нее мы обе ощущали себя спокойно, засыпали лучше всего, прижавшись к ней, и сны нам снились одинаково безопасные. Глядя на родителей, я часто думала о том, как такие непохожие люди могут быть вместе. Они умели радоваться миру: мы много путешествовали, даже чересчур. С самого дна своего детства, там, где заканчивался живот и начинался воздух, я помню себя в самолетах, автомобилях и поездах, в постоянном движении сквозь белое туманное пространство, насквозь испещренное косыми солнечными лучами. Мы были дорогой, постоянно убегающей от себя. До восьми лет я знала, кто я и чего мне ждать. Каждый год мы переезжали: собирали вещи, запихивали их в машину и ехали. Я научилась спать в гостиничных номерах между матрасами: кровати сдвигали, и я забиралась между мамой и Верой, чтобы почувствовать себя в гнезде. Мама и Вера — вместе — были моим единственным настоящим домом.

Мы катались на лыжах, рассматривали картины в музеях Италии, жили на старой ферме с гусями и в трейлере на колесах, плавали на острова, ныряли со скал и глазели на рыб в огромных аквариумах. Мама и Вера казались мне воплощением свободы, но совершенно не были ею.

Абсолютно свободной от предрассудков случайно, как будто это побочный эффект их воспитания, стала я.

Мама ничего не понимала в маленьких людях. Иногда мне казалось, что она сама — такой же ребенок, так нелепо и непоследовательно она себя вела. Она могла вдруг обидеться на какую-то мою детскую игру и со злостью уйти в себя. Тогда я стояла и просила ее простить меня, взять меня на руки. Она прощала, но через минуту снова просила меня прекратить, что бы я ни делала, и сесть смирно, чтобы не мешать ей сосредоточиться.

Мама писала картины и могла долго сидеть перед чистым холстом: сложнее всего начать. Вера отчего-то была строгой с мамой и мягкой со мной. Она разрешала мне все, и просить сладости после ужина я бежала именно к ней. Они были как добрый и злой полицейский, и я не представляла, что значит потерять кого-то из них. Не понимала я и причин этой мягкости: в том, что Вера не может иметь детей, не было нашей вины, но мама все равно чувствовала себя виноватой, поэтому делилась мною больше, чем следовало.

В итоге мне было проще с Верой, по крайней мере до тех пор, пока она не ушла. После этого мне стало сложно с ними обеими.

Каждый наш переезд из дома в дом был бегством — такое впечатление, что мама и Вера пытались найти свое место, общее на двоих, но из-за того, что ничего общего между ними не было, сделать это было не так-то просто. Там, где хорошо одной, не нравилось другой. Вера была более настойчива, а мама — категорична в своих суждениях, и если уж маме не нравилось что-то, то она даже не делала попытки принять. А если Вере не нравилось — мы просто собирали коробки. В нашей семье было одно правило переездов — каждый берет с собой на новое место только одну коробку. Коробки Вера покупала на почте и приносила толстой стопкой гладкого картона. Потом мы складывали их, и картон обретал объем. Вера говорила, что так в самолете надуваются подушки для сна — разреженные молекулы воздуха становятся больше. Между мамой и Верой воздуха всегда было мало. Я залезала к ним утром в постель, и они начинали целовать меня, мне это нравилось больше, чем когда они целовали друг друга. В своем праве на владение обеими я была абсолютно уверена. Они сдавались без сопротивления. Коробки были слишком малы для моих сокровищ. Вера категорически запрещала мне брать «лишнее»: во-первых, у нас была только одна машина, во-вторых, это «лишнее». Я никак не могла понять, откуда она знает, что лишнее, а что нет. Мама понимала, что все — нужное, но переубедить Веру не могла. Она и сама расставалась с дорогим сердцу хламом, однако фотографировать вещи, которые не уцелеют, придумала я. На пятилетие мне подарили полароид, чтобы он стал моей дополнительной коробкой — для еще восьми вещей по числу карточек в картридже, но половину я всегда тратила просто так. Мама поначалу помогала мне снимать, выстраивала кадр, учила разбираться в композиции, но я не планировала заниматься искусством. Часто у меня просто не было времени подумать над кадром — я забирала в свою коробку памяти не только собственные «лишние» безделушки, но и чужие — вещи, которые мне хотелось бы иметь или те, что нельзя сохранить: нужно съесть или оставить. Я снимала города и квартиры, из которых мы уезжали, свою кровать, где бы она ни находилась, обувь, из которой выросла. Я сняла рваную футболку с пчелкой и коробку от хлопьев. Я сняла собаку моей бабушки — рыжую с подпалинами, чужого надувного крокодила на пляже, шлюпку на большом круизном корабле, воду в душе, которая исчезает в сливе, шоколадный королевский пирог с сюпризом, который мне так и не достался, маму, которая целует Веру.

Глава 2
СНЕГ

На самом деле начать нужно было иначе. Меня зовут Женя, мне шестнадцать. Я люблю худрука нашего музыкального кружка, его зовут Леня. Моя мама и моя вторая мама, Вера, не живут вместе уже восемь лет. Они расстались друг с другом, но не со мной. Потому что я их общее произведение. Вера — та, кто дает вам надежду и делает материнство возможным. Она это сделала для моей мамы. И для себя.

Через месяц у меня новогодний концерт. У нас: у меня и Лени. Я не жду, что мама и Вера — они обе — придут на него. Если честно, мне вообще все равно, придет ли хоть одна из них. Для меня важнее всего, чтобы Леня меня увидел. Хочу ему нравиться, вот и все. Просто хочу ему нравиться.

Сейчас декабрь, а снега все еще нет. Возможно, это связано с глобальным потеплением, хотя с физикой у меня не очень, и я не до конца понимаю, что это значит.

В субботу я решила поехать на старую дачу. Это просто: я говорю маме, что еду к Вере, говорю Вере, что к маме, а сама в электричке еду. Как в мультфильме про Простоквашино. Если бы у меня была другая жизнь, я бы провела ее здесь. Например, с Леней. Я знаю, что мама и Вера будут сверять мое алиби, только если я исчезну, потому что предпочитают не разговаривать без повода. Но я не планирую исчезать. Я взяла пиццу, пиво, коробку с памятью и инструкцию «Как разжечь камин». Я скачала ее из интернета и распечатала на принтере. До сих пор я никогда не разжигала камин самостоятельно, но теперь этот день настал. Хочется сказать, что я стала взрослой, но нет. Просто захотелось приехать сюда и подумать. Или, наоборот, — потупить. Когда тебя переполняет любовь, хочется бегать из угла в угол, чтобы она расплескалась, а потом упасть и лежать — опустошенной. А потом снова бегать. Любовь накатывает волнами, и быть дома в этот момент невозможно.

Приехала и села на заваленные прошлогодними листьями ступени: ни облачка, ни души. В моем рюкзаке зубная щетка, трусы, майка для сна, толстовка и две тетради для писем Лене. Я могла бы писать их прямо в телефоне, но для него это слишком холодное время. Он может внезапно выключиться, матери до меня не дозвонятся, и начнется переполох. Хотя, возможно, им было бы полезно встретиться и поговорить, но вряд ли это будет эффективно. Мы уже несколько лет не бываем на старой даче.

Этот дом был подарком Веры — она хотела, чтобы у мамы была мастерская подальше от людей, поближе к природе. Думаю, Вера просто хотела спрятать ее подальше от цивилизации. Что ж, она просто немного не успела. Маме всегда было сложно противостоять соблазнам, особенно если их можно писать. В общем, мама не хотела ездить на дачу, потому что это напоминало ей о том, что этот дом так и не стал семейным домом счастья. Как будто дом виноват, что на него возлагали какие-то надежды. Это обычный дом, если подумать: веранда, две спальни и несколько сосен на участке. А чего они ждали вообще? Странно, что его до сих пор не продали: просто не поднимается рука.

И вот – я на лестнице. В моей коробке – триста фотографий, триста самых важных вещей, которые я не смогла с собой взять никуда, кроме памяти. Мое сердце – музей пропавшего. Еще одна коробка для всякой ерунды.

Я открываю коробку, и ветер тут же забирается внутрь и принимает форму прямоугольника. Я захлопываю крышку вместе с ним, чтобы он не унес мое золото. Подношу ее к уху и слышу, как он скребется и дует на стенки. Вспоминать здесь опасно, но я аккуратно просовываю руку в щель и наугад достаю фотографию. На ней ярко-желтые «сочные» резиновые сапоги – мне семь, мы приехали в Амстердам на выходные, и с неба льют бесконечные ливни. Бесконечные ливни преследовали нас и в Лондоне, озябшей зимой, когда я впервые пошла там в школу, в свой первый класс, и Вера, работавшая полгода по контракту в английской клинике, сказала мне, что я должна не бояться говорить по-английски, а говорить – это важно. Чтобы тебя понимали. Она повторяла со мной слова: это стол, это стул, это одеяло, а мама наклеивала на окно ярко-розовую наклейку: window. На двери висел зеленый стикер «дверь». Я ходила по дому, и вокруг меня стояли слова, слова преследовали меня, и только под одеялом (the одеяло) я могла бы отдохнуть от слов, но вместо этого они затекали ливнем мне в голову.

Каждый четверг мы ходили в музеи. По мне, так музеи всего мира одинаковые, и к семи годам они все слились в один бесконечный музей — картины справа, картины слева, я прохожу бесплатно. По субботам мама водила меня в русскую школу (у нее был бзик, что я ни в коем случае не должна забывать русский, который у меня так и не будет шанса забыть), и скучные уроки тянулись невероятно долго, единственный плюс, что на них я понимала все, намного больше, чем в английской школе. Я понимала все, и все это было скучно.

Мама работала дома: писала портреты и абстрактные пейзажи, и в принципе могла это делать из любой точки земного шара, распахивая свой планшет как пудреницу, а Вера, как я уже говорила, была врачом. Ее белый халат в темноте светился и походил на гору, когда она шепотом входила в мою комнату поздней ночью после дежурства, на белую гору Монблан, которую я по незнанию и детской наивности перевела однажды с французского как «мой белый», когда мы взбирались на жестких цепях к зимнему домику, чтобы наутро спуститься.

Противоречие — вот что я бы сказала о своем детстве. Всю первую половину моей жизни они поднимались, чтобы в последующие годы только спускаться и спускаться — в разных санях и с разной скоростью. Там, на горе, точнее, у ее подножия, я впервые почувствовала, что значит счастье: проснулась утром, ослепла от солнца и снега, от запаха гвоздики и дыма, от жара натопленной печи; побежала в спальню, расплескиваясь, звеня этим новым чувством, булькая, словно чайник. Мама и Вера обняли меня, завернули в одеяло, как шаурму. Мы хохотали, а впереди был еще целый день — еще один день вместе. Я натянула сапоги и выскочила на улицу — растерла в ладонях крупный, кружевной снег. Никогда после этого дня я не видела такого белого снега. Никогда после этого дня мы не были счастливы втроем.

Вера была хорошим врачом: к ней вставали в очередь. В поисковике я нашла 48 страниц с отзывами о ней. «Вы стали нам почти что родственницей», — писали ей совершенно незнакомые люди. «Мы назвали дочь в вашу честь». Я читала и думала: как ее хватает на всех? Вера была почти что богом в своей будничной, ежедневной работе. Она давала людям детей, благословляла их вслед, происходило волшебное, и в них зарождалась жизнь. По крайней мере, пока я не узнала всю правду об экстракорпоральном оплодотворении и моем собственном появлении на свет, я во всем видела божью искру. Спасибо французской воскресной школе, куда родители отправили меня, чтобы спокойно заниматься сексом по утрам воскресений. Пока я верила в божественное зарождение, они производили земное старание, не имеющее с чудом ничего общего. Если только Вера не приложит к этому руку.

Мама тоже восхищалась способностями Веры. Она, создающая только цвета и фигуры, восторгалась тем, что Вера делает настоящее. Тогда она не упрекала ее за поздние возвращения домой или ранние уходы, за внеурочные душеспасительные беседы с пациентами, за цинизм и здравый смысл, присущие врачам. Но вряд ли мама сказала бы именно так. Она просто ее любила.

Глава 3

МАМА

И мама была маленькой девочкой, потом средней, потом выросла и встретила Веру. Но все-таки не сразу это произошло, не так быстро, как я это написала. Сначала было царство прабабушки. Она управляла всем: домом, школой, автомобилем «Москвич». Управляла и мамой — маленькой девочкой с тугими косичками. Косички завязывали утром, развязывали вечером, после чего на голове появлялось море. Оно волнами накрывало уши и плечи, жаль, что никогда не держалось долго. Девочку звали Сашей.

Она не любила это свое нелепое бесполое имя. Однако и мне досталось такое же. Объясняли просто: «Мы не знали, кем ты родишься, но нам было так сложно договориться, что на два имени нашего терпения не хватило».

Мама Саши, моя бабушка Марина, не собиралась становиться мамой, ни Сашиной, ни чьей-то еще, по крайней мере так рано, но Саша ждать не стала. Она всегда все делала по-своему и меньше всего на свете любила ждать.

В отличие от меня — в этом умении я превзошла бы всех.

Марина довольно быстро обзавелась умением кружить головы мальчикам, у нее как раз море на голове не переставало — оно шумело всегда, и его не нужно было сдерживать косичками. С подружками на первом курсе института они повадились гулять с моряками из училища Фрунзе и не одну ночь провели в подсобных помещениях гостиницы «Советская», куда их пускал знакомый портье.

«Фрунзе» стоял к гостинице стенка к стенке, и девчонки ждали под окнами, когда моряки сойдут на сушу со второго этажа, а потом бежали к «Советской». Там они заходили в ресторан, чтобы, нырнув в его кишочки, пройти насквозь и выплыть к черному входу. Там ждал портье, Серега Копейка, который просто собирал по 10 копеек с каждого и открывал потайные двери.

Пыльно пахли старые ковры, скрипели несмазанные пружины матрасов, слышно было, как пьяные на улице кричат, заблудившись в недрах Обводного. Там, под тихий отблеск ночного уличного фанаря, бабушка Марина и сделала Сашу, совершенно того не загадывая, с молодым старшиной первой статьи, имя которого утратилось в складках времени.

Прабабка была вне себя — она не могла поверить, что всей своей властью и силой не смогла защитить дочь от самого банального поступка безудержной молодости. Но Сашу она полюбила сразу.

«Воспитывать ее буду я», — коротко сказала она на втором контрольном УЗИ, когда все стало ясно про пол ребенка. «Ты уже воспитала меня», — усмехнулась дочь. «Отцовская порода», — коротко сказала мать, и стало ясно, что лучше не продолжать. Отец ушел от беременной бабушки на самых последних месяцах, и его имя в семье было предано анафеме. По всей этой долгой линии вплоть до меня ни у одной из женщин нашей семьи не было ни мужа, ни отца. Я, стало быть, собиралась эту добрую традицию прервать. Но как мне это сделать, Леня?

Когда родилась я, бабушка Марина приехала с курорта посмотреть и сказала: «Хотела тебя осудить, но не стану: слишком красивая внучка. Но зовет пусть меня Мариной». Прабабка до этого момента не дожила — иначе бы прокляла весь свой род. Одно дело блудная дочь, а совсем другое — плод запрещенной любви. Бабушка Марина оказалась мягче, воспитанная деспотичной матерью, она знала цену свободе и необдуманным поступкам.

Моя бабушка не из тех, кто с рождением внуков начинает сажать в теплицу клубнику — пару раз в год мы ездили к ней в Петербург, в обвешанную картинами и антиквариатом квартиру на Петроградской, где у нее постоянно были то литературные вечера, то музыкальные гостиные. «Я — бабушка-праздник», — говорила Марина и преподносила мне какую-нибудь бижутерию в бархатной коробочке — то колечко, то сережки, то браслетик с камушками, приговаривая, что я должна быть красивой принцессой.

Мама злилась и говорила, что нынче не в моде «принцессность» и я сама должна понять, что мне нравится, а Марина берет и портит мой вкус, не оставляя мне выбора. «Кто бы говорил, Сашенька, — морщилась бабушка. — Ты-то не дала ребенку даже выбрать нормальную жизнь».

Но все же Марина мамой очень гордилась. Как только она увидела, что та проявляет интерес к рисованию, сразу же нашла ей лучшую художественную школу, заложила сережки с бриллиантами, чтобы купить ей мольберт и краски — самый большой набор «Белые ночи» в Гостином дворе.

Саша рисовала и ждала: успехов, выставок, любви. И она пришла. На высоких каблуках и со стальной осанкой. Подходила близко, рассматривала работу в деталях, придиралась. Наклонялась над самым ухом, чтобы сказать о недостатках — то теней, то света. Все время пахло коньяком. Потом брала руку Саши, прижимала ее к холсту, спрашивала: «Чувствуешь?» Саша чувствовала; чувствовала, что ноги становятся ватными, а в горле теряется вздох. На том курсе Саша написала первое большое произведение — трилогию света. Сашина зазноба была крайне довольна, высказалась в том смысле, что вот уже пятнадцать лет здесь преподает, а такого еще не встречала. «И рука, — говорила она коллегам по цеху, сдавая ученицу на выставку в Манеже. — Обратите внимание, как уверенно стоит рука, будто пианистка, а не художница». О Сашиных чувствах она так и не узнала.

Чтобы выигрывать городские конкурсы, выставляться в галереях и продавать работы, Саше нужно было немного любви. Простой рецепт. И Саша его усвоила.

Глава 4

ПИСАТЬ

«Сегодня весь день думала о тебе. Решила сварить макароны, а на пачке зашифровано сообщение для меня. Там написано, что альденте — это внешняя готовность при твердой сердцевине внутри. Да это же про тебя!

Ты мой белый снег, мой тихий шепот, звук шагающих по земле часов, исчезающего времени, мой легкий выдох после трудного вдоха, глоток воды в момент ночной жажды, когда бежишь на кухню с тем единственным желанием — успеть замерзнуть, чтобы после так сладко и уютно отогреться под одеялом.

Твой белый халат. Помню тебя в нем еще в самом начале, когда ты проходила практику и мы покупали отбеливатели — каждую неделю. И я говорила тебе: купи большую пачку, ну и что, что она дороже, все равно ведь она закончится, и придется покупать новую, так ведь выгоднее, ты не понимаешь, что ли?

Ты целовала меня, смеялась, брала самый дорогой, но невыгодную маленькую пачку и говорила: глупая, большая все равно ведь не влезет под раковину в ванной, куда я ее поставлю, по-твоему? На пол? Ну уж нет.

Твоя эта аккуратность. Почему я по-прежнему представляю тебя в белом халате? Чаще ты надевала синие, фиолетовые, красные и цвета морской волны брючные костюмы из магазинов «Доктор плюс», иногда с большими вырезами, один край которого отклонялся сильнее из-за прицепленного к нему бейджа. Доктор В. А. Лисневич. Мой любимый доктор. Я знала, что пациенты заглядывают тебе в этот вырез, а потом присылают цветы, но ты говорила: это называется перенос. Они думают, что влюблены в меня, а на самом деле просто передают ответственность.

Люди доверяют тебе свои жизни, как же им не влюбляться в тебя?

Это как в детстве влюбляются в эстрадного певца, страстно мечтают выйти за него замуж, целуют плакат на стене, говорила ты. Кстати, это неприятное ощущение, когда целуешь плакат — стена холодная, и губы его — холодные и твердые, я знаю, я целовала. Но ведь он не человек даже, то есть и любишь ты не человека, ты любишь что-то, что тебя наполняет. Как вода, как груши, как стейк, как музыка, как врач.

Чем же наполняет врач?

Врач наполняет надеждой.

Ты переносишь на него свою веру в чудо, ты делаешь его спасителем, ты хочешь его получить.

С детства я думала, как здорово было бы иметь рядом своего врача, не просто семейного на кнопке быстрого вызова, а своего — чтобы посмотрел и сказал: все будет хорошо, это несерьезно, сейчас достану таблетку.

Доктор Вера Лисневич, ты вырвала из груди мое сердце, и оно перестало болеть. Помню, как первый раз снимала с тебя эту дурацкую форменную футболку. Я стягивала ее через голову, а под ней ничего не было. Твой бейджик запутался в волосах, но ты смеялась от того, какой нелепой получилась ситуация: ты — руки вверх — с футболкой на голове, как заложница. Если бы я снимала с тебя эту футболку еще раз, и этот раз снова был бы первым, я сначала отстегнула бы бейджик».

Нехорошо читать мамины письма, но я читаю. Меня не учили не читать чужих писем — я выросла в эпоху, когда люди ведут блог в Фейсбуке, чтобы с кем-то поговорить. 38 540 подписчиков в маминой Инстаграме увидели меня раньше, чем я осознала, что это я. Мама выкладывает в среднем по три мои фотографии в неделю, а я читаю ее письма. Вера постит мои фото реже, но ее письма я читаю тоже.

Совет: когда у вас в доме подросток, прячьте письма не столько высоко, сколько глубже. Придумайте место, куда ему не захочется заглянуть. Если бы я хотела спрятать от мамы письма Лене, я бы спрятала их в старую супницу, которую Марина подарила им на очередной переезд. Да я, собственно, так и сделала: мои письма Лене, которые я так и не отправила, лежат в супнице. Думаю, их обнаружат только в том случае, если от старости она рассыплется в пыль.

Мамины письма я нашла у Веры в старом чемодане. После переезда от нас она его так и не разбирала. «Я побросала туда всякий хлам, поищи там», – сказала Вера, когда я спросила, где могут быть мои детские рисунки, которые я день за днем рисовала для каждой из них.

Письма Веры лежали у мамы на полке с нижним бельем. Моя мама всегда отличалась оригинальностью, но только не по части того, где хранить письма бывшей любовницы. Когда я случайно наткнулась на письма у Веры в чемодане, мне оставалось просто открыть ящик комода.

«Малышка, сейчас я начну писать и сделаю сразу четыре глупые ошибки, ты возненавидишь меня и больше не захочешь встречаться. Зря ты попросила меня писать от руки — в этом случае я не могу прогнать свою писанину через Ворд. О чем тебе рассказать? Я сижу в кабинете, жду пациента, пациент опаздывает, я могла бы пойти пообедать, но вместо этого должна сидеть и ждать — такая у нас работа. А за окном второй час бессмысленно падает снег».

Что я помню о снеге из наших путешествий? Он не всегда был белым. Однажды в Москве я отчаянно любила снег: после полугода в дождливом Лондоне я хотела его съесть, упасть в него, кидать за шиворот и маме в сапоги, я хотела весь этот снег, и весь он был мой.

Мы жили в центре города, и я ложилась в снег, как только мы выходили из дома, иногда он был твердым, как лед, иногда в нем встречались окурки, они проступали, как неведомые растения по весне, и я все время была в придорожной грязи. Потом он стал таять и потек по моим ногам, я прыгала в лужах, и он покрывал меня сизыми брызгами, я бежала на улицу, чтобы увидеть снег, но видела лед, и метровые сосульки, как бороды лесных царей, и глубокие лужи в расщелинах грязных дорог. Если бы я выбирала дом, я выбрала бы иглу. Чистейший снег Монблана был куда мягче и тоньше, чем все мои мысли о нем.

Маме прекрасно удавались снежные пейзажи. Из ее картин я узнала о том, что существуют тысячи оттенков белого: множество теней заставляет белое стать объемным и обрести форму. Мамино белое было таким разноцветным, что тянуло на целую палитру: белое солнечное, белое пасмурное, белое утреннее, белое после полудня, белое под ногами, белое на горизонте, белая кожа возле ключицы, белое запястье, белая тень между лопатками, белое после стирки, белые следы чьих-то проворных лап, белая стена, у которой стою я, и мама говорит: ну не дергайся, пожалуйста, дай мне закончить хотя бы один портрет.

Там, у подножия Монблана, мама нарисовала нас, точнее, наши тени: мы падаем на снег, и как будто нас тянет вверх, к солнцу — меня, маму и Веру, и только одно нас держит на земле — не гравитация, а то, что мы держимся друг за друга. Эта картина называется «Белое объятие». Мама продала ее за четыре тысячи евро там же — на курорте.

Вера смертельно обиделась, что мама продала ее, не спросив. Я тоже расстроилась, но потом поняла, что важнее, чем коллекционировать собственные работы, маме было чувствовать свою востребованность. Картину я сфотографировала.

Теперь и она в моем музее воспоминаний.

Глава 5

ОНИ

Мама и Вера в моем детстве часто рассказывали мне о своем знакомстве. Было так: мама пришла на вечеринку к своему однокурснику по художественной академии, Андрею. Она была девушкой лучшего друга Андрея, поэтому и пошла. После песен под гитару и бутылочки дешевого порто вышли на балкон. А там сидела Вера. Видимо, спасаясь от скучной вечеринки.

— Эй, — позвала мама. — У тебя есть сигарета?

— Есть, — сказала Вера и протянула пачку.

— Спасибо, — кивнула мама, выудив одну, и ушла. Потрясающая история. Они всегда смеялись, когда рассказывали мне.

— Ну, я курила в сторонке и приглядывалась к

ней, понимаешь. Интересным мне показалось то, что в итоге мы обе не курили. Просто это было модно, легче завязываются знакомства. И вот я смотрела на нее и думала: а кто это вообще? Спросила у своего тогдашнего бойфренда. Он сказал: а это сестра Андрюхи, врач. И я подумала пошутить, типа я такая смелая и веселая, подошла и спросила: если вот тут болит, это че? И ткнула куда-то в место очень неопределенное. А она так лениво дым выдохнула, знаешь, так: фффф. И сказала: где болит? И так она это сказала...

— Да брось ты! Ну как я сказала? Я просто спросила. Меня ведь постоянно этим доставали — в медицинской тусовке такие дурацкие шутки не проходят, а тут ваша была, сверхбогемная... Я даже растерялась, как ответить.

— Ну и что? Но ты же меня соблазнила этим своим «где болит?» — у меня аж все сразу перестало болеть.

— Кое-что все же не перестало...

— Не перестало, а даже завелось!

— Ну хватит, это ужасно смешно...

— И вот она меня так спросила: где болит? И тут уж я растерялась — у меня толком никогда ничего не болело, и я не знала, где оно должно болеть, что бы это ни было, а в тот момент я и вовсе пьяная была. И я сказала: ты какой доктор? Просто чтобы что-нибудь сказать.

— А я ответила, чтобы что-нибудь ответить: терапевт.

— Ну и зачем ты соврала?

— А ты хотела, чтобы я в лоб тебе сказала, что гинеколог?

— Поверь, я тогда даже не знала, что это за врач. У меня врачи делились на два типа: зубной и простой.

— Не смеши.

— Это ты смешная.

— Словом, ты была такая идиотка, да?

— Как будто.

— Ясно.

— Но даже если бы ты была проктологом...

— Ясно.

— Ты бы все равно...

— О, не продолжай!

— Ты бы не ушла от меня в тот вечер.

— То есть кто такой проктолог, ты тогда уже знала?

— Нет, зато я знаю сейчас.

— Ясно.

— Я выучила медицинский справочник, когда мы познакомились.

— Понятно.

— Потому что я влюбилась.

— Я поняла.

— Нет, ты не поняла и до сих пор не понимаешь.

— Угу.

— Я просто хотела стрельнуть сигарету.

— Стрельнула?

— Я люблю тебя.

— Я люблю тебя.

Потом они все время целовались, а я начинала скучать и шла в свою комнату играть в игрушки: что может быть скучнее и наивнее чужой любви? Конечно, тогда я этого не понимала, а просто стояла и думала: «Маам, мне скучно!»

Я же не знала, что это закончится. Что я стану забывать подробности этой истории, потому что перестану ее слышать? Если бы я знала, попросила их повторять мне ее каждый день. Как вы познакомились, мам? Да просто на одной вечеринке. Как вы познакомились, Вер? Жень, это было ужасно давно. Кажется, она была в компании моего брата. «Кажется». Я бы хотела, чтобы в моей истории любви, какой бы она ни была, никогда не возникло ни одного «кажется». Поэтому я пишу.

Глава 6

ВОСЕМЬ КАРТРИДЖЕЙ

Всякий раз после зимы наступало лето. Лето наступало неожиданно: скатывалось сверху, немного дрожало, качаясь на ветру, а потом застывало сосновой смолой. Пахло свежескошенной травой, медовым цветом, песком и жаждой воды.

Лето везде было разным: соленым и жарким у южного моря, кололось песком и крошками, прохладным и ветреным на севере, там, где к летнему платью всегда полагалась кофта на молнии.

Финальную часть лета с десяти до четырнадцати я проводила у мертвого озера, в финской глуши, в музыкальном лагере, где впервые влюбилась. У него было длинное странное имя — Миккеле, и он был белый, как снег в горах. Его бледные скулы были все время печально напряжены, руки в ссадинах, Миккеле делал невозможные трюки на скейте и заикался, когда мы касались друг друга плечами. Признаться, я старалась делать это как можно чаще: садилась рядом у костра, пристраивалась на футбольных матчах, прижималась на скамейках запасных. У меня в голове не укладывалось, что такой смелый и быстрый парень может так бояться меня – черную от загара лиственницу с ветками-руками, которые постоянно путались в глубоких карманах. Мама всегда говорила, что своих людей нужно трогать. Не в смысле приставать, но касаться. Я очень старалась, и постепенно он перестал отпрыгивать от меня, словно мяч от стенки.

Мама всегда говорила мне: диалог – лучше молчания. Если ты хочешь что-то сказать кому-то, сделай это любым доступным способом – отправь письмо, спой песню, напиши картину. И не жди ответа. Главное – скажи.

Скажу – и я решила ему признаться. На дискотеке по случаю праздника Нептуна я пригласила его на медленный танец, собрала в кулаки свою волю и сказала ему: пойдем? Миккеле замер – мгновение – вечность – и сделал свой главный шаг. Он выронил из рук свой страх и бережно обнял меня. Мы топорно двигались под какую-то древнюю скандинавскую колыбельную, Миккеле спросил, останусь ли я на вторую неделю. Я оставалась, и это было лето любви. Мы выбегали за территорию лагеря, Миккеле показывал мне расщелину в камне, в которую входит река, муравьиные горки, по которым нужно ударить ладонью, а потом облизать – будто муравьиный яд обладает целебными свойствами, учил определять время по солнцу. За все мои двенадцать лет я не встречала столько свободы одновременно.

Из лагеря я написала и маме, и Вере одно и то же письмо: попросила прислать мне средство от комаров, резиновые сапоги и полароид с двумя картриджами. «Зачем тебе два? — отозвалась практичная Вера. — Ты там не простудилась?» — «Я совершенно здорова, — телеграфировала ей я. — Просто восьми мне не хватит на этот раз». — «Что будешь снимать?» — написала вечером мама. «Любовь», — беспечно ответила я. Они обе прислали мне по два картриджа. Четыре по восемь — тридцать две фотографии — тогда я впервые узнала, чем можно измерить любовь. Ее не измерить ни временем, ни расстоянием, ни словами, ни дорогами, ни годами — все будет неточно. Тридцать две фотографии — это понятное мне измерение. Ничто на свете я не снимала с таким упорством.

«Милая, я люблю тебя так сильно, что мне не хватило бы четырех картриджей, я извела бы их восемь», — писала мне Вера. «Я люблю тебя знаешь как! На двадцать картриджей!» — вторила мама. Мои матери тем летом сделали мем из моей любви, не оглядываясь друг на друга. Даже не разговаривая — они вторили друг другу, как чемпионки по синхронному плаванию.

Перед самым расставанием мы с Миккеле сидели на берегу заросшего озера, в который ссыпались минуты до отъезда, мои слезы и тополиный пух. На воде лежали светлые солнечные пятна, она была пыльной от пуха, который на мгновение тревожил гладь, разбегавшуюся кругами, и исчезал в мириадах таких же – бледно-прозрачных – клочках шерсти. Я смотрела, как белое одеяло накрывает пегую, пятнистую воду, и вслушивалась в себя. Внутри меня была не грусть, там было радостное, сгущенное ожидание будущего: осени, школы, великой любви. Я ничего не теряла и была абсолютно счастлива; я была влюблена и верила, что Миккеле станет писать, а следующим летом мы приедем сюда снова – и все повторится. Постепенно озеро стало белым, и так хотелось коснуться его. Я протянула руку, и вода обняла меня теплым, слепым глотком, и Миккеле сказал по-английски: я буду писать. И в эту минуту я поняла, что мы ничего больше друг другу не скажем, ничего не напишем, у нас останется только этот снег. Я достала полароид и щелкнула – белое на зеленом.

Я была не права: Миккеле мне написал. Я не ответила. Фотографию того водяного снега я сейчас держу перед собой. Ни одна из 30 других фотографий с лицом того парня не расскажет мне столько о том лете и той любви, как эта.

Или еще одно лето: на океане. Мы приехали туда в маленьком домике на колесах, в большом доме относительно автомобиля и маленьком, если сравнивать с домом из кирпича. Этот автодом был воплощением нашей жизни. Туда как раз влезали три коробки, холодильник еды, и он двигался в никуда.

Всякий раз, когда я ехала с рюкзачком вещей от одной своей матери к другой, я мечтала только об одном: чтобы у нас наконец появился один-единственный общий дом, чтобы у меня появился единственный чертов шкаф, сверху донизу заваленный игрушками, чтобы я однажды села перед ним и, разбирая их, деталь за деталью сложила пазл из своих воспоминаний. Вера всегда хотела, чтобы мне было легко, поэтому мой «шкаф» и сейчас передо мной — одна набитая жизнью коробка с фотографиями.

У полароидных фотографий белая рамка, белая, как снег, который выпадал всякий раз, когда я была счастлива.

Глава 7

ОН

После того озера влюбляться стало проще: я скользила по накатанной, вставала, отряхивалась и снова тащилась наверх. Везла свои саночки, полные всяких немыслимых ожиданий. Пока не столкнулась с ним.

Он стоял в школьном коридоре с гитарой в руках, какой-то невероятно взрослый и необыкновенно нездешний, вокруг него пульсировала жизнь, а он стоял как изваяние музейное, одна-единственная штука.

Вены застыли в моих руках.

Через неделю я знала все: что зовут его Леня (ужасно банальное имя для такого, как он), что он поет в музыкальной группе «Лосось и авокадо», что по понедельникам и четвергам у них репетиции, что ему 22 и по образованию он биоинженер, а по призванию артист, что осенью будет поступать во ВГИК на второе высшее, что у него 41-й размер ноги (я изучила его зимние ботинки в учительской раздевалке), что у него есть кот по имени Флинт, что у него на груди есть татуировка — бумажный кораблик, что его телефонный номер можно найти в школьной группе ВКонтакте, там, где указаны номера тех, с кем можно связаться для участия в новогоднем концерте.

Мама говорила: скажи.

И я решила пойти самым легким путем из возможных: спеть ему песню. То есть сказать все, не сказав ничего.

Я записала его номер, нашла во всех мессенджерах, открывала их по сто раз на дню, чтобы проверить, когда он был онлайн. Он всегда был онлайн несколько секунд назад, и я могла написать ему, отправить смайлик, голосовое сообщение или видео, но меня хватало только на тихие походы следом по извилистым коридорам школы.

Я не спрашивала, Леня не отвечал.

Я скачала сотню его фотографий из всех открытых альбомов, сидела вечером над тетрадкой, клетки которой становились выпуклыми и расплывались под каплями слез, с телефоном в руках и листала, листала, листала эти фотографии, пока мама не отнимала телефон. Пока Вера не выключала свет.

Я столько раз хотела поговорить с ними, спросить их, как быть, — но ни одна из них не казалась мне здесь экспертом. Как можно спросить о любви кого-то, кто сам не смог удержать и спасти любовь?

Эти неудачницы, эти одиночки, эти несчастные. Как я жалела их и как на них злилась.

Только однажды мама спросила меня, отчего я плачу. И я сказала ей:

— Вряд ли ты что-нибудь в этом понимаешь.

— Неужели? — мама посмотрела на меня так, что стекла в ее поддельных очках без диоптрий задрожали. — Плачешь из-за логарифмов?

В школе я отпрашивалась с урока, пробиралась в раздевалку и обнимала его вязаный свитер. Этот запах — как бы вам рассказать о нем — сандал и лаванда, свобода и ветер, резкий шаг и дерзость, сигаретный дым и упрямая кожа, предчувствие близкой грозы. Я не знала, что это было — туалетная вода, мыло или кондиционер для белья, но это помогало мне, как хищнику, напасть на след и вызывало ломоту в пальцах.

В понедельник после третьего урока я написала в комментариях к посту про школьный новогодний концерт, что хочу участвовать. Что буду петь песню и хотела бы, чтобы он подыграл. Он и «Лосось и авокадо», разумеется. В понедельник после пятого урока я получила уведомление. Он написал: «Оке, приходи в четверг на репу».

Мама говорила — скажи, но не предупреждала, что мне ответят.

Я стояла на входе в столовку и чувствовала, как все вены в моих руках заискрили и стали горячими, как пюре. И такими же мягкими. Я села на лавочку, потому что ноги дрожали, и сделала скрин этого сообщения, проверила, точно ли он сохранился, перечитала его, а потом перечитала снова. Если бы меня разбудили ночью, я могла бы продекламировать этот ответ и записать его с закрытыми глазами невидимыми чернилами.

Он мне ответил, и это начало всего.

Глава 8

МЫ

К первой репетиции я готовилась, будто к свадьбе. Вера согласилась поехать со мной в магазин и купила два новых платья. Одно было одновременно праздничное и спокойное, сдержанно блестело и лежало на мне, как чешуя серебряной рыбы. Второе — серое, платье-мешок без особых примет. Я хотела, чтобы Леня сразу меня запомнил, какая я модная, какая стильная. Вера сказала, что классно было бы надеть с этим красные колготки, как часто делала моя мать, но я заверила ее, что мода на безумие давно утихла.

— Мода на безумие никогда не утихнет, деточка, — сказала Вера. — По крайней мере, я только вчера видела такое смелое явление в жизни.

— Где же? — я ковыряла носком «Мартинса» плитку торгового центра, нетерпеливо ожидая лифта, чтобы спуститься на паркинг.

— Да в одном баре.

— В баре?

— Ну да, ходила, знаешь ли, на свидание.

Я оторвалась от плитки.

— Ты ходишь на свидания?

— А я похожа на совсем древнюю старуху, да?

— Нет, но... Просто неожиданно как-то.

— Честно говоря, я сама не ожидала. Но я же установила тиндер, а там...

— Нееет, Вера, ты что, знакомишься по интернету?

— А где ты мне прикажешь знакомиться? С пациентками на гинекологическом кресле?

— О боже.

— В общем, если тебе интересно, я познакомилась с одной девушкой, у нее были красные колготки и зеленое платье, и я даже, вероятно, увижусь с ней еще раз.

— Вероятно?

— В субботу, если быть точной.

— А сколько ей лет?

— Нормально.

— Вера...

— Ну, она старше тебя.

— Это обнадеживает, но...

— Не веди себя как полиция нравов, мы уже взрослые люди. Ты взрослая? Я могу обсуждать с тобой серьезные вещи?

— Я до фига взрослая, но не заставляй меня залезать в твой телефон, когда ты уйдешь в душ...

— В таком случае я возьму телефон с собой.

— То есть ей что, 18?

— О.

— О?

— Как бы там ни было, 18 — это совершеннолетие.

— Да, но это как бы... Моему парню почти 23.

— Твоему парню?

— Ну, не парню...

— Не парню?

— Короче, я хотела бы, чтобы он был моим парнем, но пока он еще об этом не знает.

— Хочешь получить совет?

— От женщины, которая встречается с юными красными колготками из тиндера? Нет уж, спасибо.

— Я не встречаюсь, я сказала, что встречусь с ней в субботу.

— Точно, а не вероятно.

— И тем не менее я хотела бы дать тебе совет.

— Кто ж тебя остановит.

— Никогда не говори «мой парень», потому что, когда вдруг выяснится, что он не твой, будет чуть больнее, чем было бы, если бы ты так не говорила.

— Чего?

— Словом, просто не говори «гоп».

— Спасибо за поддержку, мать!

— На самом деле я верю, что у тебя все получится.

— Звучит не очень.

— Я тебе очень этого желаю, правда. Но в жизни бывает...

— Заткнись, я тебя умоляю. Я устала слушать о том, как вы были счастливы, а потом оказалось, что все не так.

— Ну, у тебя-то так не будет.

— У меня не будет.

Мы немного помолчали, пока Вера пыталась припарковать машину в темноте у подъезда.

Потом я спросила:

— Так ты влюблена в красные колготки?

— Это имеет значение?

— Для меня имеет.

— Как приятно быть в возрасте, когда это действительно имеет значение.

— Ты старая карга.

— Да.

— Старая карга, которая знакомится в тиндере.

— Да.

— Ну блин.

— Выходи.

Тем вечером во мне боролись желания убить Веру и прыгать на стенку от счастья: я перечитывала и перечитывала Ленино сообщение, мучилась мыслью о красных колготках, уверяла себя, что Вера тоже может влюбиться и, наверное, так же рада предстоящей встрече, но тут же отказывала ей в этом. Мне казалось, что никто и никогда не мог и не может чувствовать так, как я, а тем более Вера, которая должна была уже просто забыть, как это делается, даже если умела когда-то. Отчего-то я испытывала даже ревность, впервые, спустя восемь лет после расставания моих матерей, — и мне ужасно, до слез, хотелось, чтобы ничего у нее с красными колготками не вышло, но сама эта мысль казалась мне грехом, чем-то страшным, что лишит и меня возможности счастья. Поэтому, перед тем как лечь в постель, я вместо «спокойной ночи» разрешила Вере:

— Так и быть, можешь спокойно встречаться со своими красными колготками.

— Да? Ну спасибо тебе большое, дорогая.

Вера засмеялась и чмокнула меня в висок.

— В следующий раз я обязательно спрошу у тебя разрешения, когда захочу зайти в тиндер. Скажем, сегодня вечером. Сегодня вечером я могу немного походить по тиндеру перед сном?

— Вера, не беси.

— То есть ты не против, да?

— Веееееер!

Вера, смеясь, вышла из комнаты, а я сказала ей вслед — шепотом, так что она наверняка не услышала:

— Только чтобы никому не было больно, ладно?

Глава 9
ДРУГИЕ

Маме я ничего не сказала.

По всплескам написанных ею картин я знала, что она тоже постоянно находится с кем-нибудь «в диалоге», как она это называла. Самая длительная ее связь продолжалась два года, когда мне было лет десять — это был нервный и странный мужчина — маленькие мрачные пейзажи и сумбурные закаты — он приезжал к нам на черной машине и привозил мешки с продуктами. Мама ласково звала его «гуманитарная помощь» или «Санечка». Санечка приезжал и готовил ужин, играл со мной в настолки, дарил мне розовых куколок.

— Хочешь, Санечка станет твоим папой? — спросила как-то у меня мама.

— Зачем? — искренне удивилась я.

— Ну... Чтобы помогать тебе делать уроки, учить разным хорошим вещам...

— У меня есть Вера, — сказала я и на всякий случай отодвинула от себя розовых Санечкиных куколок. — Она меня всему научит.

Мама усмехнулась, а Санечка вскоре исчез.

На его месте возникли картины поярче — огромные изумрудные полотна, на которых из тусклых мазков вылеплялось страстное, розовое тело Аниты. Анита изгибалась и изгибалась для маминых картин, приходила и приходила к нам на ужин, они все ходили на выставки и презентации, а мама спрашивала:

— Нравится картина?

— Картина как картина. Только мне в комнату не вешай.

Мама и Анита заливались в хохоте, расплескивая вино.

— Ну что ты, дорогая, это же неуместная живопись для детской.

— А для чего она уместная? Для бани?

— Для бани, пожалуй, в самый раз!

И они снова хохотали, а я никак не могла взять в толк, с чего тут веселиться. Картины с голыми женщинами же и правда уместны в бане, что тут смешного-то?

Одну из этих картин у мамы купил один американский банкир, купил очень дорого, так что она могла год не работать.

Я слышала, как однажды по телефону Вера говорила кому-то:

— Мы давно не общаемся. Вообще не разговариваем, так что я не знаю, что у нее нового. Да и, с другой стороны, что там может быть нового? Продала тут очередную свою шлюху на аукционе.

На самом деле «шлюха» была отличная. То есть это была хорошая картина. На ней мама разлила всю свою тоску по Вере и одиночество — так ярко, как только могла. Я спросила ее:

— Неужели ты не видишь, что мама пишет эти картины, чтобы тебе сказать?

— Сказать что?

— Что ей без тебя невыносимо.

— Дорогая, не выдумывай. На этой картине она нарисовала другую женщину.

— В этом-то все и дело.

— В чем же, позволь узнать?

— В том, что она не может рисовать тебя.

Вера помолчала минуту, будто что-то вспоминая, а потом сказала:

— Ты знаешь, она ведь перестала меня рисовать, наверное, за год до нашего разрыва, так что вряд ли там было что спасать.

— О чем ты?

— Это был вопрос времени, Женя. Иногда лучше сразу шагнуть в холодную воду, чем годами готовиться к погружению.

Я никак не могла взять в толк, к чему эти водные метафоры.

— О чем ты говоришь?

— Если бы не расстались тогда, расстались бы через полгода, может быть, через год. Нашлась бы причина.

— Ты не можешь знать, как было бы, ты же не ясновидящая.

— Я здравомыслящая. Люди не изменяют просто так, измена вообще дело затратное. Если человек идет на это, значит, ему уже невыносимо терпеть.

— Мама говорила, что это вдохновение...

— Как ни назови — смысл один: ей меня уже было недостаточно. Или много.

— Это противоречиво.

— И тем не менее.

— Ты думаешь, она тебя разлюбила?

— Любовь — сложная штука. Возможно, она просто от меня устала.

— Но вы могли просто отдохнуть друг от друга.

— Когда людям нужно друг от друга отдыхать, это тревожный симптом.

Глава 10

ПЕТЬ

В пятницу я стояла в школьном коридоре, и сердце мое в ушах забивало сваи. Судя по звукам, которые доносились из актового зала, Ленечка уже пришел и репетировал со своим рыбно-овощным ансамблем. От уроков по случаю общественной нагрузки меня освободили, двери были не заперты, и я, сложившись пополам, стояла, просунув голову в щель. Будто так я стала совсем незаметной – в сером своем невидимом платье.

– Жень, ты че? – я аж подпрыгнула, когда моя лучшая подруга Алька дернула меня за рукав.

– А... Это... Смотрю, что у них там.

– Ну-ну, – Аля подмигнула и, отодвинув меня, заглянула внутрь.

– Твой, что ли, задвигает, не вижу отсюда?

– Угу.

– Ну заходи тогда, не тормози! – и Аля впихнула меня внутрь, так что я неловко влетела и задела горку сложенных у стенки стульев. Стулья с грохотом развалились, и музыка смолкла. Все посмотрели на меня.

Неплохое начало.

Я застыла на своих ледяных ногах, и было слышно, как скрипят суставы пальцев в жесткой ловушке «Мартинсов».

– Привет, ребята! – сказала Алька. – Вы нас простите, пожалуйста, такая неловкость. Это Женя. Возьмите ее в кружок, – она больно толкнула меня в спину. – Она будет петь.

— Привет, — прошелестела я откуда-то из-под паркета.

— Привет, — сказал кто-то.

— Понятно, — сказал кто-то другой.

— Что будешь петь? — спросил кто-то еще.

— Угу, — кивнул Леня.

Леня сказал мне «угу».

Он увидел меня, посмотрел на меня, заметил меня и сказал мне «угу». Для счастья, в сущности, так мало нужно.

— Девчонки, вы пока там сядьте, — сказал высокий кудрявый парень на басу.

— Мы сейчас со своим закончим и прослушаем все, хорошо?

Аля толкнула меня в сторону скамейки и потянула за рукав, как тряпичную куклу, чтобы я села. Мои ноги отказывались сгибаться, и Але пришлось на меня по-змеиному зашипеть.

Леня играл как бог. Честно говоря, он все делал как бог: стоял, пел, держал гитару в руках, смеялся, молчал и, конечно, говорил «угу». Во всем этом было нечеловеческое, божественное начало, все это отливало светом и отдавало мне под дых, как автомат после выстрела.

Ленины руки произносили музыку, а рот слова, и я впадала в транс, мне уже слышался в этом диалог, и хотелось ответить — вставить слово после долгого, оглушительного монолога, когда хочется и возразить, и горячо согласиться, и просто что-нибудь сказать.

Наконец он доиграл, выпил воды, погонял ее от щеки к щеке. Дернул плечами, как отряхивающийся дог, подошел к микрофону, и голос его заполнил весь зал:

— Ну чего там. Женя, да? Что будешь петь? Иди сюда и рассказывай.

Мама говорила — скажи, но не предупреждала, что спросят сами.

— У меня есть слова, но они странные, музыка — есть наброски, — я говорила быстро, взбираясь на сцену по боковым ступенькам, глаза — в подвал.

— Странные слова? Это как?

— Ну, в смысле, они не дописаны, есть только один куплет...

— Сможешь на клавишах показать? Или тут, — он протянул мне свою гитару.

Я машинально взяла ее в руки, ничего другого не оставалось. Дают — бери. Она была теплой и немного шершавой. И еще тяжелой. Я подумала, что это слишком — держать в руках себя и гитару — обеих вместе.

— Лучше на клавишах, — быстро сказала я и воткнула гитару в ножны у края сцены.

— Ну ок, — кивнул Леня.

— Пацаны, попробуйте схватить на лету.

Я тихо проскользнула по клавишам дрожащими руками.

— Это типа первая часть, потом должен быть припев, — я проскользнула еще раз. — Потом еще пару раз так, я думаю, но, может, что-нибудь другое здесь...

— Погоди, — Леня взвалил на себя гитару. — Давай еще раз сначала и погромче. Саш, подними ей звук. Я сейчас попробую сразу на гитару положить, а ты — кивнул ударнику — ты мне подыграй.

Тот взмахнул своими волшебными палочками, нехотя отложив бутерброд. Я снова заиграла мелодию, которая тут же стала казаться мне отвратительной. Но Леня вдруг взял ее себе – уверенно и жестко, и тут же включились ударные, и появилась музыка.

Я много раз наблюдала за этим волшебным превращением гусениц в музыкальной школе, но никогда не видела настолько красивой бабочки.

Она парила под потолком. Моя музыка. Мои несказанные слова.

– Пой, – закричал мне Леня. – Давай!

Я подошла к микрофону. Горло сжалось, в гортани толпился воздух. Потом я услышала свой голос.

Мама говорила – скажи, но не предупреждала, что будет так громко.

Мы повторили этот фокус три раза.

– Здесь я бы иначе сделал, – сказал мне Леня. – Типа того.

И он положил свою руку на клавиши рядом с моей. Его пальцы зашагали вместе с моими, а потом споткнулись о них. Я обожглась и спрятала их в карман.

– Вот тут, – сказал он, не заметив моей неловкости. – Я бы вот тут остановился, сделал бы паузу, а потом снова сыграл этот проигрыш.

Я кивнула, не поднимая глаз.

– Хорошо? – спросил он. – Нравится тебе?

— Очень, — прошептала я, рассматривая свои шнурки.

— Ну ок тогда, — сказал Леня и показал мне большой палец своей идеальной руки. — Я запишу партии, в воскресенье подходи, прогоним еще раз.

Я улыбалась как идиотка.

— Классно было, слушай, — Аля тянула меня за рукав по направлению к столовке. — Он так смотрел на тебя, офигеть!

— Да ты ж не видишь ничего! — сказала я, хотя понимала, что спорить тут не с чем: он на меня смотрел.

— Дело в шляпе, подруга, он точно уже запал на тебя! А мне тот кудрявый понравился, дрищ. Как его зовут, не запомнила?

— Не-а, — улыбка с моего лица не сходила, а только разрасталась вширь.

— Ладно, чего с тобой говорить, ты же совсем кукушкой поехала, — толкнула меня Алька и сказала: — Когда у вас с ним все случится, ты скажи мне!

— Да Аль!

— Не, ну а че. Рок-звезда! Одними поцелуями не отделаешься!

— Аля, я песню ему спою. С ним спою, представляешь?

— Ага. Охренеть!

— Не понимаешь ты ничего!

— Зато я вменько, а ты ебанько!

И Алька забежала в столовку, расталкивая очередь, петляя между столами. Я за ней — как будто мы снова дети, а взрослые злятся и говорят:

— Спокойнее, аккуратнее, девочки, ну-ка.

И я слышу Алькин смех, и оттого еще смешнее делается, и мы путаемся в чьих-то ногах, стульях, и я уже совсем не могу сдерживаться — смеюсь, смеюсь, пока учительница физики не делает нам замечание; и нас с позором изгоняют из рая, и мы стоим в коридоре у раковин и не можем отдышаться от смеха и счастья, заставшего нас врасплох.

Глава 11

ЛЮДИ

«Одно из наших первых свиданий было у тебя дома. Мы собирались поужинать, а потом посмотреть кино, но тебе постоянно звонили пациенты, и меня это страшно бесило ровно до одного момента...

Мой белый

Ты повернулась ко мне спиной и стала переодеваться, снимать свою рабочую робу, чтобы надеть домашнее. Так я узнала: лифчик ты не носишь, трусы на тебе – белые. Под белыми же штанами. Редко так бывает, но бывает и так. Я смотрела на тебя, а ты, как специально, – неприлично долго надевала эти свои домашние шорты.

– Пойду заверну кастрюлю в одеяло, – сказала я твоей спине, чтобы скрыть неловкость до того, как ты обернешься, и тут же почувствовала себя старой бабкой, которая заворачивает кастрюлю, а еще варит компот и закатывает банки. Я шла и знала, что ты смотришь мне в спину, хотя я вся одета наглухо и ничего у меня видно, и трусы синие, а сама я в красном. Так тоже бывает, и так – даже чаще.

Потом ты выключила телефон, мы поели остывший ужин, кино не досмотрели, потому что нас сломала страсть. Кажется, это была какая-то «Матрица» – идеальный фильм для того, чтобы начать что-то смотреть, а потом бросить, не жалея. Я все время думала о том, что ты знаешь, как устроено мое тело, а я совсем не знаю, как устроено твое. Я спросила:

– Тебе помогает в сексе твое знание анатомии?

Ты засмеялась и сказала:

– Мое знание анатомии помогло бы мне, если бы я решила вскрыть тебя ножом.

Я не знаю, помогло ли оно тебе, когда ты меня вскрывала. Вытягивала из меня все жилы и рвала все нейронные связи — своим молчанием. Своим непрощением. Своим уходом. Помню, как я позвонила тебе после расставания и сказала:

— Вера, мне очень плохо.

— Будет лучше, если ты больше не станешь мне звонить.

— Ну помоги же мне, пожалуйста!

— Я не могу тебе помочь.

— Ты же врач!

— Ты не больна.

— Мне записаться к тебе на прием?

— Просто положи трубку и ложись спать.

— Я не могу без тебя, Вера.

— Спокойной ночи.

— Не могу.

— Я кладу трубку.

— Ну разумеется. Чего еще ждать от человека, который точно знает, куда воткнуть нож?

— Это ты воткнула нож. И самое страшное, что ты дилетант — если бы ты знала, куда, я бы не мучилась.

— Впредь встречайся только с коллегами.

— Спокойной ночи.

И ты положила трубку. Твоя эта хладнокровность.

Мой белый

Однажды я спросила тебя, почему ты решила стать гинекологом. Это хороший вопрос — мне в самом деле непонятно, как можно сделать именно такой выбор. Ты сказала, что твой отец... Твой деспотичный и совершенно не тонкий отец, военный врач, который так и не принял тебя, так и не понял, так и не отпустил, с которым ты тысячу лет не общаешься, Верочка, мне так хотелось тебя от него защитить, когда он звонил тебе и орал на тебя, когда обещал, что всем твоим коллегам расскажет, куда ты скатилась, как живешь и как это стыдно. И как ты держалась, как ты сдержанно улыбалась и говорила: ты не хочешь ничего об этом знать, милая, забудь. Так вот это именно он решил, что ты будешь врачом. Он сказал, что если ты станешь хорошим врачом, если ты выберешь эту узкую специализацию, то он подарит тебе пистолет. Как можно было повестись? Но, конечно, ты — ребенок военного городка, десятка разных военных городков, которые вы объехали за твое бесконечное детство, мечтала о пистолете. Он был у каждого, даже у медсестры в поликлинике. И отец пообещал: пообещал тебе богатое будущее в этой профессии, хорошие перспективы и пистолет.

Я не знаю, поверила ты или нет, но именно в тебя он верил, на тебя возложил все свои надежды, ты была его главным козырем, а не Андрей, которому он разрешил, позволил быть просто художником, ерунда какая-то, разве это профессия для мужчины? Твой отец всегда больше верил в тебя. Хотя все дело, кажется, в том, что у тебя просто тверже рука. Андрей стал скульптором, мял и мял эту свою глину, ни на что никогда не влиял — даже на форму. Годы спустя в этом твоем упрямстве, упорности, жесткости я вижу твоего отца. Он лучше всех тебя понимал и знал, что из тебя выйдет отличный врач. Он все сделал правильно, а что до вашего с ним конфликта, так это у вас семейное, и все же он должен был подарить тебе пистолет или хотя бы начать тобою гордиться».

Глава 12

ГДЕ ТЫ ТЕПЕРЬ

Я себя без Веры не помню. Их было всегда двое: Вера и мама. Вера ее как-то уравновешивала, смягчала, расслабляла. Мамина неуемная энергия переливалась через край, ей всегда хотелось быть частью огромной жизни, все ей нужно было самое шумное и самое большое: город, компания, вечеринка, любовь. Вера ее одомашнивала, приручала, превращала ее страсть к жизни в страсть к семье.

Мама горела: то картина не выходит, то я себя плохо веду, то голова раскалывается, то на премьеру опять не попали; Вера ее тушила. Брала ее голову в руки, целовала в лоб, говорила:

– Милая, это все завтра уже забудется.

Мама не забывала ничего. Когда Вера ушла, она каждый день вспоминала причины, по которым им и не нужно было быть вместе: она не любила шумных праздников, а я любила! Она не хотела ходить на концерты, а я хотела! Она не переносила беспорядок, а я так устала все раскладывать по местам!

– Мама, где моя кофта?

– Откуда мне знать?

– Мама, где мои штаны?

– Спроси у Веры.

– Мама, но Вера же на работе!

– Так позвони ей.

Постепенно я поняла принцип, и вещи стали находиться. Моя врожденная тяга к беспорядку подчинялась Вериному желанию все упорядочить. И все она делала правильно, иногда даже слишком, но тут и таилась ошибка: она так сильно привязала маму, так крепко ее душила, что мама не выдержала, вырвалась и начала хватать воздух пакетами: только соврав, она могла чувствовать себя свободной.

Отбросив от себя лишнюю одежду, оставив незаправленной постель, завтракая в три часа дня, она просто праздновала себя. Вера ее такой не принимала, отталкивала, исправляла, мама себя такую любила.

Была бы мама счастлива, если бы у нее осталась эта ее свобода? Если бы никто ее не держал? Появилась бы я?

Мое появление – следствие несвободы. Я дочь ветреной заложницы и верного тирана. И еще любви.

Я спрашивала у мамы:

– Кто мой папа?

– Ветер.

– И как же я появилась?

– Подул ветер, нас с Верой толкнуло друг к другу, и появилась ты.

«Видишь то бегущее облако, – сказала я Миккеле на берегу заснеженного озера. – Это я его загадала». – «И как тебе это удалось?» – спросил он меня. «Мой папа – ветер», – беспечно ответила я. Лучшие сказочники те, у кого нет ответов на простые вопросы. Например, на вопрос ребенка о том, кто он такой.

Мама как-то научила меня игре: ходить по небу. На самом деле это просто – нужно взять зеркальце, наклонить его так, чтобы в нем отражалось небо, и идти вперед. Если ты идешь один, тебя может ждать опасность, поэтому лучше ходить с кем-то. То есть по небу ходят всегда вдвоем, вот так-то. Я не раз повторяла этот трюк с новыми друзьями, он вызывал восторг и чувство свободы, так что зеркальце я всегда носила с собой. Однажды в приемном покое больницы, куда меня привезли с переломом руки, я увидела девочку, рука которой была по локоть в крови. Она держала ее в полиэтиленовом пакете – не то чтобы ее кровь потом смогли закачать обратно, не то чтобы не запачкать пол. Я постеснялась спросить, что с ней случилось, но сказала:

– Хочешь походить по небу?

– Я и так уже одной ногой там, – ответила девочка и слабо улыбнулась.

– Рукой, – сказала я. – Только рукой.

Мы засмеялись и выбежали на улицу, я – одной имеющейся у меня рукой – достала свое зеркальце (это было непросто — пришлось залезать правой в левый карман), а она взяла его — одной имеющейся у нее. Так мы и пошли вокруг корпуса: два одноруких бандита, из глаз которых сыплются золотые монеты. Потом за ней прибежала медсестра, и ее увели. Я не знаю, что с ней стало. Мне наложили гипс, и я пошла домой. То есть за мной приехала Вера. Она посмотрела на меня очень печально и сказала:

— Повторяешь мои подвиги?

— Стараюсь совершить свои! — бойко ответила я.

— Ну-ну, — сказала Вера. — Бог в помощь.

Меня всегда удивляло, как в ней это сочеталось, почему она — врач доказательной медицины, которая не верит в гомеопатию, плацебо и заговоры, — отчего-то верила в Бога. В отличие от нас, она знала даже основные церковные праздники, время от времени соблюдала пост и заглядывала в храм.

Я достаю из коробки фото: у меня гипс, весь изрисованный маркером.

Достаю следующее: аэропорт.

Это может быть любой аэропорт любого города мира: пластиковые ручки полиэтиленовых пакетов, стразы, блестящие тапки с помпонами, кепки со знаками давно исчезнувших республик, фиолетовая майка с розами, подошва босоножек в цветах, дырчатые сандалии на серый носок, забитые карманы джинсов — справа и слева, джинсы, состоящие из прямоугольных дыр, пушистые розовые банты, короткие бессмысленные джинсовки без рукавов, спортивные футболки, обтягивающие барабаны мужских животов, милитари-шорты, штаны под змею, штаны под леопарда, штаны с пайетками, штаны с кружевами. Вы попали в храм абсолютной безвкусицы, в очередь стоящих к Гудвину за мозгами. Если бы я тоже встала в эту очередь, я попросила бы храбрости.

Когда мама и Вера были вместе, мы много летали, так что мне пришлось слушать много аудиокниг. У нас была пачка карточек «майлз энд мо». Мы свои мили меняли опять на билеты и снова на мили, потом на билеты, и так без конца.

Если рейс задерживали, я начинала слушать книги. Слушала и спрашивала себя: о чем эта книга? Вот и сейчас. Спросите меня. Отвечаю: это книга о вас. О вас, ждущих ответов на главный и единственный вопрос: правильно ли я поступила тогда? Хорошо ли это, что я уйду — закрою дверь, выйду и растворюсь в потоке? О вас, до конца не верящих в то, что есть человек, который полюбит вас, возможно, на всю жизнь. Да и можно ли так — на всю? О вас, ожидающих рейса, замерзших в этих кондиционированных залах, покупающих втридорога кусок булки с мясом. Или мороженое.

— Будешь мороженое? — спросила меня Вера в каком-то аэропорту.

Утром мне удалили зуб, десна саднила, и Вера хотела помочь. Я мотнула заплаканным лицом. Мне было ужасно обидно, что пришлось удалять зуб ранним солнечным летним утром. Мы ехали от бабушки, и я вообще не хотела именно так запомнить каникулы.

На улице отчаянно пахло травой — утренние поливалки заставили ее запеть. Мама купила мне фарфоровую уточку. Уточка кособоко стояла на одной ноге, поджав другую, как будто хотела спрятать. Это была моя награда за смелость, хотя смелости в этом не было — меня заставили, и я не могла отказаться.

Но факт остается фактом: зуб лежал у меня в кармане, и вот он на фото — такой же странный, как был.

— Может, карамельное? — Вера не отставала.

— С шоколадными кусочками? — я смекнула, что можно поторговаться.

— И орешками.

— Ладно, — я сделала вид, что это одолжение стоит мне больших усилий. — И комикс.

Вера со вздохом кивнула и пошла оформлять мой заказ.

Лучшие канаты мира вьются из ниток бескрайней вины. И самые прочные.

Я никогда не ела такого вкусного мороженого: фотография есть в коробке.

Глава 13

ПРЯМЫЕ

Что я почувствовала, когда мои родители расстались? Такой вопрос мне часто задавал психолог. Я была очень огорчена. Это мягко говоря. На самом деле у меня долго было ощущение, будто ничего не происходит, они так и говорили, кстати: ничего не произошло, милая, все будет как прежде. И в то же время у меня было чувство, что рухнул мир, а я сижу на обломках, обхватив колени, и говорю себе: ничего же не произошло, чего мне так грустно-то? Это была стадия отрицания.

Я должна была ненавидеть Веру за то, что она оставила нас, но я ее почему-то любила. А как прикажете мне перестать ее любить? Или как злиться на маму? Ведь маму я тоже любила.

Мама, конечно, неправа. Я хотела, чтобы она ежедневно валялась у Веры в ногах, а она почти так и делала первые полгода. Я спрашивала у Веры: неужели так сложно простить? И ужасно злилась. Вера сдувала челку с лица и говорила: милая, просто ты не совсем понимаешь. Но я понимала все. Мама, поддавшись слабости, сделала глупость, Вера, поддавшись упрямству, никак не могла ей это простить. Что тут сложного?

Но все было сложно.

Я расставляла по дому их совместные фотографии — по одному и другому, по обоим своим домам. Больше всего меня злило, что, даже перестав путешествовать и менять города, я так и не обрела один-единственный шкаф — теперь мои вещи были раскиданы по двум квартирам.

Так что я старалась. Сталкивала их лбами на собраниях в школе и бралась за любые роли в своем театральном кружке, лишь бы почаще мелькать в спектаклях, на которые бы они обе пришли.

Однажды я заметила, что одна из них исчезает, как видит другую, и оставила свои попытки. Я научилась не замечать, что у нас больше нет семьи.

Мой белый

Хотя запоминать, где какие вещи лежат, я так и не научилась. Вставала утром с намерением надеть синий свитер, но его не было в этом шкафу, искала пол-утра носки в красную полоску, но они ждали меня на сушилке по другому адресу. Мама посоветовала мне завести каталог, но я сказала ей, что, если бы она вела каталог своих случайных связей, сейчас этой проблемы бы не было. Мама дала мне пощечину и заплакала, а я стояла и думала, что учебник по географии, скорее всего, тоже у Веры, а завтра контрольная.

В тот день за мной в школу пришла наша крупная во всех смыслах соседка Алена. Я иногда ходила играть к ним домой, когда родители шли в театр или на концерт. У Алены всегда были вафельные трубочки со сгущенкой, или орешки со сгущенкой, или еще что-нибудь подобное: сгущенное и сладкое.

Я удивилась и обрадовалась одновременно: Алена извлекла из кармана один из своих сладких козырей и полностью меня завоевала.

«Где мама?» — только и спросила я и, не дождавшись ответа, начала разворачивать приз. Домой меня Алена тоже не повела. Оставила играть со своей дочкой Дашей. Даша была уже в восьмом классе и играть со мной не очень-то рвалась, зато я была в восторге: я могла трогать любые игрушки и тискать большого жирного кота, пока Даша не отрываясь торчала в телефоне.

Я снова спросила Алену, где мама, где Вера, когда они за мной придут, но вопрос был дежурный — я хотела еще сладких трубочек, кота и игрушки, и, скорее всего, если бы кто-то из родителей сейчас пришел за мной, я бы устроила скандал.

Алена сказала, что родители немного заняты, и ушла разогревать обед.

Тогда я не знала, что прямо сейчас, двумя этажами выше, Вера собирает свои вещи, а мама сидит на полу и воет, как раненая собака. Я не знала, что Вера, неожиданно вернувшаяся со смены, застала маму с незнакомым мужчиной — слава богу, не в постели и уже практически одетыми, но они выпивали, постель была всклокочена, мамины волосы торчали, как рваная трава, а незнакомый мужчина не был им ни другом, ни дальним родственником, ни случайным сантехником.

Вера стояла на пороге кухни и молча смотрела на них. Мама заплакала. Мужчина кивнул и поспешно отправился на выход, просочившись мимо окаменевшей Веры; гулко хлопнула дверь.

— Как же так, — только и сказала Вера.

— Прости, — только и сказала мама.

Затем Вера взяла стремянку и пошла доставать с антресолей самый большой чемодан.

Я играла в бархатного зайчика — снимала с него платьице и укладывала спать. Алена наливала суп в глубокую тарелку с золотой каемочкой. Вера складывала вещи в чемодан, сначала одну за другой, потом просто сбросила с полки рукой. Мама сидела на полу у шкафа и рыдала. И никто не произнес ни слова. Кроме меня. Я сказала: «Зайчик, миленький, спи, тебе пора спать, ложись, закрывай глаза, будь хорошим». Но он мне не отвечал.

Потом заговорили все сразу. Алена спросила, как дела в школе, и я начала рассказывать о Веронике, которая дергала меня за волосы. О Сереже, с которого я сорвала кепку и кинула, а она рассекла воздух, будто летающая тарелка, и упала за шкаф, и оттуда ее было невозможно достать — даже шваброй. Алена сказала: «Плохо».

Вера сказала: «Плохо. Плохо, что ты так поступила со мной. Ты была для меня всем».

— Что значит «была»? — вопрошала мама.

— А что это, по-твоему, может значить?

Вера хладнокровно скидывала в чемодан расчески и банки с кремом со своей полки в ванной. Мама плыла за ее руками и всхлипывала в такт.

— Ты можешь остановиться и поговорить? Просто остановиться и поговорить?

— Не так уж просто остановиться, да?

— Что?

— Просто остановиться, когда понимаешь, что все зашло слишком далеко.

— Это была случайность, ошибка, я сожалею!

— Я сожалею, что стала свидетелем этого. Лучше бы я прочла ваши смс.

— У нас не было никаких смс.

— А у нас не было нас.

Потом мама пришла за мной. Она была уже причесана, глаза красные, но в целом выглядела она ничего. Дома я спросила, где Вера, и мама, стоя ко мне спиной, сказала, что ее срочно вызвали на работу.

В этом не было ничего странного, поэтому я взяла своего зайчика (точнее, зайчика Даши) и пошла с ним в кровать.

Утром мама выглядела не лучше, но и не хуже. Мы молча добрались до школы на автобусе, и я ушла. Вера забрала машину, но оставила нам квартиру.

Мой белый

Мама пришла домой и легла рисовать картину: слезами на полотне подушки. Она несколько картин тогда написала, и все они были черные, как то октябрьское утро. Когда Вера через два дня пришла забирать меня из школы, чтобы объяснить мне свою версию будущего, я спросила только одно:

— Ты видела новые мамины картины?

— Нет, — сказала Вера. — Какое-то время я не хотела бы видеть ничего, связанного с ней. Только тебя.

Перед сном я лежала, смотрела в потолок и вспоминала, как мы играли с Верой в игру: я убегала и спрашивала — ты меня видишь? Она отвечала: да. А теперь — ты меня видишь? — и я пряталась под кровать. Да. А теперь — видишь меня? И я ныряла под стол. Да. Потом я бежала и падала ей в объятия, а она говорила: когда ты будешь совсем далеко, так, что я не смогу тебя увидеть, я надену очки.

Вера, надень очки. Посмотри на меня. Прости маму. Прости маму. Прости маму. Потом я засыпала.

Глава 14

РАДИ ЧЕГО?

«Привет, моя дорогая, как ты понимаешь, меня можно только топором вырубить, а пером — нет. Я буду писать тебе письма, пока ты молчишь, а я боюсь — вдруг ты не пишешь потому, что стала совсем свободной и устроенной в быту; Женя говорит, ты хочешь завести собаку, далее — невнятно. Тем более и я тут вполне без тебя могу. Все друг без друга могут, чего уж там.

Вопрос только один: ради чего это мочь?

Я сегодня была у врача — ты бы не одобрила мой подход к выбору врача, к тому же он все равно не знает, что со мной. Он посоветовал проверить кровь, кости и сердце, просто так, чтобы ощутить деятельность, а вообще, сказал врач, лучше бы вы просто не делали МРТ и жили спокойно. Я живу спокойно, пью по вечерам вино и смотрю TV5Monde, там говорят по-французски. Этот канал напоминает мне гостиничные ночи, и это доставляет. Я все время думаю о тебе.

Ты, поди, заметила, что в моем обществе стало много мужчин. Если честно, они там всегда были, это меня там не было. Тебя, верно, порадует также, что среди них один мальчик с гитарой и влечением ко всем видам творчества (ко мне равнодушен, но хочет, чтобы я сделалась частью его культуры: например, позировала ему обнаженной), мальчик-который-спит-с моей-подругой (ко мне равнодушен, потому что я не она) и два гея (ко мне равнодушны по понятным причинам). И мне не хватает тебя.

Ты не ревнуешь, зачем бы тебе — у тебя ведь теперь такая чистая и свободная от вранья жизнь — лишь для тебя одной. Остальное и так понятно. А я абрикос в землю врос, и все такое.

Что бы еще тебе сообщить в этом письме?

Я постоянно убираю в нашей квартире, все — кроме кресла в спальне, на которое я сваливаю одежду. Когда-нибудь я аккуратно сложу ее обратно в комод. Я сломала сушилку для белья и всего лишь один раз стирала желтые тряпочки под тарелки. Как видишь, я не так уж железна: меня можно перевоспитать. Несколько лет — и я мою и вытираю тарелки, подаю приборы и пылесошу пол. Эти занятия не вызывают во мне желания чистоты, зато объясняют трепет: так было, когда мы тут были вместе. Мне ужасно не нравится, что наша уборщица все переставила и передвинула, но что же теперь сделать: не жить же на поле разбитых иллюзий, и мне все же, вероятно, скоро придется сменить постельное белье. Кстати, постель совсем расшаталась, я сплю на твоей половине.

Я хорошо сплю, спасибо. Пожелай мне доброй ночи на несколько месяцев вперед. И доброго утра. Всех этих мелочей — что люди говорят друг другу каждый день, чтобы чувствовать близость. Что люди пишут друг другу, когда им не все равно.

100 очков в пользу моей отрицательной кармы.

И еще: я никогда не думала, что мы станем теми разведенными родителями, которые могут общаться только об алиментах и графике праздничных дней. Поговори со мной о нас, пожалуйста. Я совершила ужасную ошибку, но неужели это стоило всей нашей истории?»

Вся их история — но это же и моя история? Я не могла понять, почему они приняли это решение без меня. Почему мама изменила Вере? Я не могла понять: мне казалось, у них счастливая семья. Моя семья. Мам, почему?

— Мне сложно тебе объяснить.

— Попробуй?

— Понимаешь, иногда, чтобы написать картину, нужно особенное вдохновение. Какой-то толчок, эмоция, импульс, электричество...

— Этот человек ударил тебя током?

— Можно и так сказать. Да, пожалуй, именно так. Я увидела его в музее. Он смотрел на картину моего любимого художника. И мне захотелось, чтобы он так же посмотрел на меня.

— На твою картину?

— На меня.

— Ты еще любишь Веру?

— Я очень люблю Веру. Я и не собиралась переставать ее любить.

— Почему ты не скажешь ей?

— Я говорю это каждый день.

— Но почему ты не скажешь так, чтобы она услышала?

— Я боюсь, что она больше никогда меня не услышит.

— Попробуй кричать.

Наверное, это самый дельный совет, который я когда-нибудь давала: попробуй кричать. В раннем детстве я часто использовала этот прием —

кричала так громко, что в конце концов получала то, что хотела.

Мама печально улыбнулась и потрепала меня по макушке, как собачку.

— Криком ничего не добьешься, малыш. Ты просто ей передай.

Восемь лет спустя я понимаю, что дело было не только в картинах. Точнее, совсем не в них. Что вдохновение — это следствие, а не причина. Сейчас, когда я так люблю Леню, я понимаю, что могу петь, танцевать, жить, и всего этого мне ужасно хочется — до того иногда, что невозможно просто сесть и сидеть, нужно бежать, бежать, бежать, чтобы можно было начать петь, иначе эта песня разорвет меня изнутри. Это значит, что мама уже не любила Веру, поэтому она ей изменила? Что она нашла кого-то, с кем внутри ей вот так хотелось бежать? Ломая все на своем пути.

Но тогда я передала Вере мамины слова. Вера кивнула и сказала:

— Посмотрим кино?

— Про любовь? — спросила я в надежде, что это станет продолжением темы, ее развитием, хотя бы каким-нибудь импульсом и током.

— Нет, милая. Давай детектив. Про любовь я, пожалуй, сейчас не выдержу.

Моя коробка — сую руку внутрь и выуживаю квадратный выцветший снимок. Там мама и я, стою в костюме Мальчика-с-пальчика на итоговом спектакле нашего кружка театрального мастерства. На фото нет Веры, поэтому слева от меня стоит наша классная. На ней юбка-карандаш и ярко-красные губы, я подумала, что это по-настоящему стойкая помада: через столько лет отчетливо видно только ее. Мама и я — обе блеклые, уставшие, взмокшие — выглядим нелепо и оттого счастливо-идиотски, и если не знать, что за этим фото год одиночества и перетягивания меня как каната, а также десять стадий принятия нашего нового статуса, можно решить, что это был классный вечер.

Вечер был классный. Вера не пришла.

Мама записала для нее видео на телефон, я переслала его Вере по электронной почте. Вера пересмотрела видео одиннадцать раз, причем одиннадцатый — при мне, похвалила меня и сказала, что это прекрасная роль и я подхожу под нее идеально — лучше всяких реальных мальчиков.

Я спросила ее, не придет ли она к нам на ужин, хотя бы по случаю окончания начальной школы, и Вера сказала, что будет этим вечером в больнице. Я спросила, может ли она прямо сказать, придет ли она когда-нибудь? Завтра? В следующий четверг? И Вера сказала прямо:

— Нет.

Я заплакала, и Вера сказала:

— Может быть.

Я заплакала еще сильнее. Тогда Вера сказала:

— Криком это не решить, малыш.

И я закричала:

— Да вы даже говорите одинаково! Почему вы не можете! Просто! Быть! Вместе!

— Это никогда не бывает просто, — сказала Вера и отвернулась к плите, где что-то отчаянно зашкварчало.

Так Вера стала первой женщиной в мире, которая стояла у плиты в момент, когда котлеты горели и превращались в угли, и не знала об этом.

Глава 15

ЖДАТЬ

Всю жизнь я чего-то жду. Уметь ждать — одно из лучших моих умений. Сначала я ждала Деда Мороза, потом дня рождения, потом поездки в Диснейленд, потом когда мама и Вера помирятся, потом — поездки в финский лагерь, потом зимы — впрочем, зиму я жду всегда. Я люблю снег, это моя стихия, фон для самых важных событий, универсальный хромакей.

Мой белый

Снег все делает красивее, тише и торжественнее — любое ожидание кажется не таким уж и долгим, когда вокруг снег. Посудите сами: весь город и магазины переодеваются к Новому году уже с начала ноября, как раз после первого снега. Ноябрь — короткий месяц и проходит быстро. Потом декабрь — ожидание каждого нового дня вместе с адвент-календарем, а ну как в окошке покажется новая игрушка, более заковыристая шоколадка? Все время ждешь завтра, и оно наступает. Потом январь — месяц длинных праздников, а праздники пролетают быстрее всего, вы знаете, несколько длинных будней, в самые жестокие, крещенские, морозы, и вот — февраль. Атавизм, ускользающий хвост зимы, двадцать восемь дней ожидания среди снегов.

Что-то еще?

Еще: мчишься на санках с несерьезной горки, сразу после уроков французского, варежки в подтаявших липких комках, губы свело морозом, а я кричу Альке, кубарем летящей в своих красных штанах: «Кувыркайся, кувыркайся, жопа rouge!» и никто не грозит в окно, потому что окно на восьмом этаже и оттуда не видно.

Зима! Зимой я всегда веду себя как-то не так.

Приходим с Алькой с улицы и сразу же делаем лужи, как подтаявшие щенки: никто не кидается вытирать, растечется само, а потом застынет — бесформенной угольной пенкой посреди линолеума. Мы бежим в комнату, ждем, пока мама согреет борщ, и в руке у меня разноцветная мятая радуга — пластиковая пружина всех китайских цветов. Пружина — существо бессмысленное, но я отчего-то рада, я хотела ее — переливать из руки в руку несколько минут, чтобы она трещала, издавала такой звук, словно рис разлетается по полу. Мы рвали ее с Алькой и так, и сяк, хотели проверить на прочность, и смяли тонкие дуги. Желтое перестало литься в зеленое, зеленое — в синее, рисовый звук тоже куда-то исчез, безмятежность пропала.

По физике двойка, и мы решили пружину варить. Поставили на плиту большую кастрюлю, заплясала в ней белая кружевная вода, кинули мы туда податливый пластик, и пружина превратилась в разваренные бледные макароны. Достали ножом и вилкой: и смешно, и страшно. Потом, отвлекая чем-то, что-то выдумывая, выбежали на лестничную клетку, захотели спрятать. Вдруг найдется еще один способ, как все исправить? Гениальнее первого. Вызвали лифт и бросили туда свои пластиковые макароны. Конечно же, мама это быстро обнаружила — выйдя в магазин за соком. Тогда нам досталось. Теперь мы с Алькой всегда смеемся, вспоминая это.

Мой белый

Что-нибудь еще? Зимнее солнце, может быть?

Да, еще какое: к полудню выходишь из квартиры, а на лестнице солнечно. Холодные белые лучи полосами раскрасили стену с обшарпанной краской. Круглые стеклянные окошки лифта забрызгали светом. Стоишь в шапке, шарфе, куртке, варежках, сапогах, штанах и колготках и руками вообще не можешь пошевелить. Это страшно бесит. Держишь бабкины саночки за веревку. Санки скользкие, деревяшки некогда голубые, полозья широкие, как ножи для хлеба, и по позвоночнику тоненький холодок, если вспомнить, что уже падала с них, и губа была красной, и кровь, несмотря на зиму, такого же вкуса, как летом, если разбить коленку. А на улице сразу снег ослепляет, как дальний свет.

Очень белый. Мой белый.

Еще я ждала поездок в горы. Когда бабушка приедет. Когда придет подходящий троллейбус, звеня цепями. Когда наступит конец четверти. Когда кончится урок. Когда зазвенит будильник. Когда курьер принесет мои новые санки. Когда найдутся варежки. Когда человек, которого я люблю, услышит мою песню и все поймет. Или не поймет. Разве это важно?

Я просто хочу сказать.

Вот подожду еще немного и все скажу.

Глава 16

СВОБОДНЫЙ ВЕЧЕР

Снега нет, но я заболела. Ну то есть как заболела: заложило нос, горло как-то странно стало скрести. Больше всего я испугалась, что теперь не смогу петь. А в следующую минуту — что пропущу репетицию. Несколько дней без Лени, и я с ума сойду.

Мама оставила меня дома и сообщила, что вызвала врача.

— Веру? — спросила я.

— Тебе нужен гинеколог? — не без удовольствия спросила мама.

К сожалению, гинеколог мне пока не был нужен. Об этом я тоже подумала не без удовольствия, тотчас же представив, что было бы, если.

Так, довольные друг другом, мы расстались — мама отправилась в мастерскую доделывать карантинную трилогию к выставке — весна, лето и осень — мир в красно-белых лентах, — а я легла в постель. В постели было хорошо, но скучно. Я написала Альке, и она согласилась прогулять алгебру и физкультуру, чтобы потусоваться со мной.

Мой белый

Аля принесла имбирь и сказала, что я должна намазать на него мед и грызть.

– Давай поиграем в буриме, – предложила она, закуривая стик, а я открыла все окна, чтобы сигаретами не пахло.

– Тебе не кажется, что так ты заболеешь еще больше? – спросила Алька.

– Я закаляюсь, – сказала я и завернулась в ватное одеяло, как шаурма.

Алька взяла мою тетрадь по всем предметам одновременно – 90 страниц отрывистых записей с уроков, в которые иногда врывались стихи и неотправленные письма Лене, вырвала чистый листок и поделила его на две полоски.

Она написала слово, и я написала слово, мы завернули эти слова внутрь листа и обменялись свертками. Потом проделали это снова. Мы отвечали на вопросы: «кто?», «что?», «какой?», «что делал?», «зачем?», «кто пришел?», «что сделал?», «чем кончилось?»

Я отвечала так: Леня, самый красивый, обнял меня, потому что нравлюсь, пришла Алька, спросила: «Вы что, идиоты?» – а потом мы жили с ним долго и счастливо.

Что ж. Я неоригинальна.

Аля развернула бумажку. Посмотрела на меня как на дуру.

– Читай, – согласилась я.

– С тобой неинтересно играть, – скривилась Аля. – Директриса нашей школы, самая красивая, пришла в ночной клуб, потому что ты ей нравишься, потом пришла продавщица из «Пятерочки», та, что в синей шапке торгует колбасой, обняла тебя, а потом случился большой взрыв.

– Ну почему неинтересно, – сказала я. – Нормально вроде вышло.

– Тупо вышло. Но ладно, читай свой.

– Леня...

– Понятно. Можешь дальше не читать.

– Ну почему же. Ты там его обосрала.

– Я его не обсирала. Я думала, мы играем. А ты как всегда.

– Леня. Урод с кривыми ушами. Обнял меня. Потому что был пьян в говно. Пришла ты. Спросила: «Вы что, идиоты?» А потом мы жили с ним долго и счастливо.

– Все так.

– Все так.

– Может, лучше посмотрим телик?

И мы стали смотреть «Магазин на диване». В этом выпуске тетка и мужик, перебивая друг друга, тараторили, пытаясь продать ужасно некрасивые тряпки за неадекватные деньги, с такой бешеной скоростью, что, казалось, им некогда было вдохнуть. Я подумала, что так же разговариваю с Леней. Делаю вид, что мне легко, а на самом деле воздух в горле стоит.

«Перед вами платье «Свободный вечер». Надеваешь такое платье из ткани долгого ношения, дождь на улице, а у нас сразу солнце светит, потому что такой цветок через всю правую часть тела, потому что качество, потому что цена хорошая, потому что обратите внимание на плечико, какая незаметная строчка, бывает, что рукой резко дернешь, и вещь приходится выбрасывать, но не это платье. Слегка открыли ножку кулиской, сразу экстравагантно, сразу лето, сразу Золушка, эти белые и зеленые горошки, мне нравится! А такой фасон платья подходит под любой поясок! А не каждое платье подойдет под поясочек. Заодно закажите сумку «Орхидея». У вас осталось шесть минут, выбирайте розовый вариант платья, вариант бутона, посмотрите на внутреннюю кулиску, которая создает переливы, можно выше, можно еще выше, и получится такой зазывной вариант. А притом что это вискозное волокно, ничего не видно! Белье любого цвета скрывается нашим платьем! Хороший вырез без неудобства! Платье хорошо расстегивается по вертикали, по диагонали, вы легко в него входите по линии выреза. В этот вырез хорошо поместится любое украшение, хотя этого гороха достаточно, чтобы вы смотрелись презентабельно, как женщина, которая хочет свободный вечер посвятить себе. Вы можете гулять, можете прогуливаться, можете в деловую ситуацию, можете молодая мамочка, можете с внуками. А если оно помнется? Сели мы с вами в транспорт после рабочего дня, а оно не мнется! Будто вы после химчистки! А если вы вспотели? Ничего не видно! Скандинавы любят вот это, такое бесформенное, создающее вам поперечный тренд, создают полную свободу передвижений, нам нравится, оставьте нам! Такую форму вам это придаст: подчеркнет и скроет! Если вы хотите получить лучшую версию самой себя, звоните! Если вы не пробовали, так попробуйте, даже в 80-м размере вы будете казаться себе на несколько размеров меньше, это крой такой (кричит), материал такой! Можно поправиться, оно тянется! И есть возможность комбинаторики! На запястье часики, сюда — бусики. И все! А то скроем все, и мы уже не женщины, а мы в двадцать первом веке живем! Мы в космос летаем! Что ж мы, с платьем не поработаем? У вас есть две с половиной минуты. Талия может быть выше или ниже, под стиль ампир! С лицевой стороны, с изнаночной, здесь вообще структура подчеркивается, акрил создает выработку, и принт кажется объемным, достаточно декоративного вида, сейчас такие цветы еще и модны, марокканские такие, эмоционально-душевный синий цвет, плющ этот цветочный, вьется, вьется, создавая богатую вертикаль...»

Мы с Алькой хохотали, я чувствовала себя хорошо.

Тут и врач пришел. Посмотрел меня и сказал: «ОРВИ, но в школу лучше пару дней не ходить».

Кому это лучше? Я кивнула, а сама прикидывать начала, что завтра надену.

Разумеется, я пойду в школу. Босиком по льду пойду, если нужно.

И увижу Леню.

Глава 17

ВЕРА ОБЕЩАЕТ

В пятницу вечером Вера выставила на стол бутылку вина к ужину. То есть не то чтобы до сих пор я никогда не видела ее с бокалом, она и раньше так делала, как и мама, но впервые она выставила его со значением. И поставила на стол второй бокал.

– Ждешь Колготки? – съязвила я, хотя знала, что это не так. У нас было негласное правило: когда я прихожу к Вере, больше к ней никто не приходит. И она никуда не уходит. Иногда ей все-таки приходилось срываться – на срочный вызов в больницу, например, но это было редко.

– Нет, это тебе. Составишь компанию?

– Мм.

– Хочешь сказать, что никогда не пила вина? Ой, не строй из себя человека, который на вечеринках потягивает сок.

– Ну.

– Красное пойдет?

– Пойдет.

– К мясу будет хорошо.

– Я слышала, что это миф и нет никаких правил.

– Каких правил?

– Ну, что красное к мясу, а белое – к рыбе.

– Хочешь белое?

– Нет, я просто говорю, что нет правил.

– Правила каждый придумывает себе сам, милая. А вообще они существуют, чтобы тебе было проще жить.

– Да ладно.

– Конечно. Иногда ты не знаешь, как лучше поступить, а на помощь тебе спешит правило.

— А иногда правило есть, но нужно его нарушить.

— Затем оно и существует.

— Может, тебе тоже пора нарушить свое?

— Мы говорим о каком-то конкретном правиле?

— Я бы хотела, чтобы ты пришла на мой концерт.

— Разумеется.

— Что это значит?

— Что я приду.

— Но там будет мама.

— Женя, я знаю, как важен для тебя этот концерт, поэтому я приду.

— Ладно.

— Ты знаешь, что во Франции дети пьют вино с четырнадцати?

— Тогда ты опоздала.

— И все же я хочу, чтобы ты научилась отличать хорошее вино от плохого и не пила всякую дрянь.

— Ну, на школьных вечеринках мне вряд ли предложат вино из древнего шато с пятнадцатилетней выдержкой.

— Этого и я тебе не предложу. Но нет ведь ничего плохого, если ты попробуешь сравнительно хорошее вино и в случае чего откажешься от сравнительно плохого?

— Это правило?

– Считай, что да. Но ты можешь его нарушать.

– Понятно.

– В меру.

Вера налила мне вина, и мы чокнулись. Я вспомнила, как они это делали раньше: Вера и мама, как они сидели на диване с бокалами вина, как их губы становились фиолетовыми, как будто они перекупались в осеннем озере, вспомнила я и осеннее озеро – воспоминания наслаивались, как слои крепдешиновой юбки, – одно на другое – белый туман над ним, я вспомнила, как выглядит озеро, когда вот-вот пойдет снег, а вода уже покрылась тонким, хрустальным слоем первого льда, я вспомнила, как мы приходили замерзшие и уставшие с горы, грели руки возле камина, Вера варила глинтвейн, а мама ставила музыку. Это всегда был блюз, или джаз, или просто старые американские рождественские песни, и они разливали свое горячее вино по чашкам, над ними взвивался пар, мне наливали чай с корицей и гвоздикой, и она постоянно щекотала мне губы, когда я осторожно глотала.

Почему так не могло продолжаться вечно? Почему я вообще это помню? Какое-то озеро, какие-то чашки, какая-то гвоздика. Я засыпала под шепот снега, под лай собак, под свет луны, плясавший у меня на подушке. А утром я вскакивала, смотрела в окно: солнце слепило, все было синим и белым, штаны болтались на батарее каменными палками, казалось, если уронить их, они разобьются вдребезги о кафель. Я стаскивала штаны, собирала по пути носки и колготки, кофты и майки, охапкой тащила все в постель маме и Вере. Забиралась со всем этим и вопила:

— Утро! Утро! Утро!

Они злились, а я смеялась. Такое простое счастье.

Вечером следующего дня я спросила маму:

— Ты помнишь, как я приносила штаны вам в постель?

— Штаны?

— Зимние штаны и носки. Когда мы были в горах.

— Наверное.

— Это было весело.

— Да?

— Ты не помнишь.

— Расскажи?

— Я приносила штаны и носки вам в постель. Вы смеялись и кричали, чтобы я не таскала в кровать грязную одежду.

— Все?

— Все.

— Удивительные вещи ты помнишь.

— Удивительно, что ты — нет.

— А должна?

— Это было счастье.

— Возможно, это было твое счастье?

— А есть разница?

— Женечка, ты знаешь, что я хотела бы, чтобы все сложилось иначе.

— Завтра снег обещают.

— Здорово.

— Мы с Верой вчера пили вино.

— А вот это не здорово.

— Она хотела, чтобы я попробовала хорошее.

— Может, в следующий раз принесет тебе покурить хорошей травы?

— Мам.

— Какой-то бред. Я поговорю с ней.

— Поговори. Спроси, помнит ли она про штаны.

— Чего?

— Штаны и постель.

— Женя.

— А что?

— Я не стану говорить с Верой про постель.

— Пфф.

— Спокойной ночи, Женя.

И я пошла спать, но спать мне совсем не хотелось. Я легла и думала о Лене. О том, что завтра у нас снова репетиция, и я его увижу, и мы снова будем стоять близко, и я буду смотреть на него не отрываясь, а он спросит: чего? И тут я спою свою песню. И он поймет. А может, и нет. Разве это важно?

Глава 18

ПАСТЕЛЬНЫЕ ТОНА

— Алло? Привет, это Саша. Слушай, ты просил меня подумать про выставку, ок, я подумала. Ничего, если это будет фотовыставка? Несколько акварелей, по большей части фото. Сейчас это модно. Тут Женя напомнила мне одну историю... В общем, я только что придумала, что выставка будет про те постели, которые я фотографирую. Ты же знаешь, что я фотографирую всякие постели? Сейчас уже меньше, но раньше... Когда мы с Верой... Мне кажется, это красиво — все эти складки, тени, облачные такие геометрические конструкции. Об этом стоит поговорить. Сейчас покажу.

...Вот эта постель, как незаконченный абзац, ничем не примечательная деревянная кровать, которую я сфотографирую на пленку, уходя, которую забуду, фотография которой окажется засвечена, потеряна, забыта, однако я буду знать, что у меня это есть: серия фотографий наших постелей — гостиничных, фермерских, дачных, московских, парижских, стамбульских, деревенских — со скомканными простынями, невзбитыми подушками, помятыми одеялами, из которых сочатся перья, простая, обычная, большая, широкая постель, одна из тех, на которых ничего не было, кроме снов.

Зачем я их фотографирую?

Не знаю. Чтобы запоминать?

Эту фишку придумала Женя.

Например, здесь. Дождь у моря начинается внезапно, падает на оставленные на террасе кресла, оставляет на них масляные пятна — это сначала они такими кажутся — жирные, темные, потом исчезают, оставляя неровный след, сморщивая поверхность, как подушечки пальцев после долгой, выматывающей ванны. Однажды я видела сон: в нем мы лежали, как вафля с джемом, в постели, а за окном одинокий таджик из крупного змеиного шланга поливает клумбы. Я слышу шелест воды и тупой звук струи, которая ударяется о плотную землю. И еще раз, и еще. Вода шумит и шумит, что неудивительно — год был засушливый, все небо в дымке, ночной тариф дешевле. Прошло три года, и, встав с постели, я оказалась по щиколотку в воде, и это очень смешно, и я смеюсь до тех пор, пока в дверь не начинают звонить соседи, потому что в их супружескую морскую раковину течет с их потолка вода — наша вода с нашего пола, из нашего крана, который, очевидно, хотел сбежать из ванной, — падает вода и делает звук «ква-ква», и соседи что-то там говорят про ремонт. Хороший был сон, я бы повторила.

Или другой раз. Я работаю прямо в постели. У меня нет кабинета, нет дел в городе, нет города, потому что нынешний — чужой, грязный, прямолинейный, пропахший собачьим дерьмом, путаный, тяжелый, не мой. Чтобы уйти из дома — нужно катиться вниз к морю без всяких препятствий, только ветер в спину. Чтобы вернуться домой — нужно преодолеть гору. Однажды мне снилось, что надо бежать. Что я стою одна посреди дома, упавшего в тишину, а надо встать и открыть дверь, чтобы попасть на тайную вечеринку, где восемь человек уже стоят и снимают на айфон друг друга, потому что каждому не терпится выложить в Инстаграм и Фейсбук, как классно мы все проводим время в стенах закрытой ночью библиотеки тайваньской литературы. Совершенно непонятно, что хорошего было на той вечеринке, как и на всех других вечеринках, когда все стоят такие с айфонами и видны только четыре пальца правой руки, а лица не видно, и вообще.

А это. Мою любовницу зовут Селин. Она крепкая, как сосновое бревно, у нее ловкие маленькие руки, а губы все время красные от вина. Она некрасива, как все француженки, или, наоборот, красива — той естественной обветренной и грубоватой красотой, которая почти безлика. Куда дует ветер — там ее неуложенная прядь волос, какой сегодня повод для встречи — такая на ней одежда — всегда свободная, как мешки для мусора, — длинная неглаженая рубашка — просто белая; длинный непонятного цвета кардиган — просто кардиган, что ниже, даже и сказать-то сложно: вряд ли джинсы, скорее свободные брюки, наверное, еще сапоги, а может быть, и кроссовки. Селин — чистая, как лист бумаги. Ее кожа пахнет ничем. Ей 46 лет. Она работает с 9 до 18, а в середине дня два часа обедает и пьет красное вино, в это время она и приходит ко мне.

А это самая любимая. Мы ложимся спать в постель, которая похожа на нары: четыре плоские доски под тонким матрасом больно упираются в бока. Все овечки пересчитаны, ветер с моря кидается на дверь, как последний псих, и ты просишь рассказать тебе сказку. Сказки я рассказывать не умею, поэтому молчу, и ты говоришь: вот был сон, в котором время как будто пошло назад. Там был человек, продолжаешь ты, он зашел в мой сон на «Динамо», потом вышел из леса в Нью-Йорке, а время пошло вспять. Он идет, а вокруг бушует война, предположительно, Вторая мировая, и, в общем, пока он был в лесу, история начала идти как будто отсюда туда, понимаешь?

«Расскажи лучше про пряничный домик», – просишь ты.

Потому что так тепло в этом ватном коконе из одеяла, и снег как-то странно падает, как будто он тяжелый, и воздух под ним подкашивается, пропуская его внутрь, как холодная река в Ленобласти, когда ныряешь, создает воронку и звук.

Сейчас никакого снега нет, это я придумала. Лежу, горжусь собой.

«Ну я слушаю, слушаю, – говоришь ты. – Продолжай. Люблю твой голос, можно сказать, что это лучший из голосов, известных мне, если не брать в расчет певиц, например Аллу Борисовну, когда она поет, скажем, «Верю в тебя», или Нину Симон, когда она поет «Дикий ветер».

И я говорю: однажды ты шла по лесу и увидела пряничный домик, в самом-самом глубоком лесу, на самом его дне, где у медведя и зайца кладовка и ночлег, и вот он стоит там в лапах еловых, окруженный весь лунным светом, который пробивается сквозь шторы, почти что оттягивая их, и снег, снег падает на крышу, и звенит за окном мороз. И ты говоришь, что велик соблазн зайти туда, и он тебя туда заводит, и ты туда заходишь, точнее, сначала дергаешь крепкую дверь, она не поддается, примерзла, видимо. Дверь такая тяжелая, из обшарпанного дерева, от старости уже непонятно, какого домик цвета, а может быть, просто темно.

Хотя может ли быть старым и цветным пряничный домик?

И я говорю, и оттого, как я говорю, ты понимаешь, что домик бежевый с белой бисквитной крошкой, и терракотовым кремом на нем написаны резные окошки. Внезапно дверь поддается, и ты заходишь внутрь, и тут появляется волк — откуда появляется волк?

— Ну откуда в лесу может появиться волк?

— Нет, а что в домике?

А в домике, говорю я, ты видишь стол, накрытый на пятерых, и белоснежные чашки и блюдца, поражающие своей белизной. И снег уже даже не кажется таким фарфоровым, когда видишь настоящий фарфор. Но касаться его нельзя — все рассыплется, рассохнется, развалится и станет прозрачным.

Еще ты видишь кровать – «кинг-сайз» с воздушным одеялом цвета сливочного йогурта «Страчителла».

– Как в отеле в Амстердаме кровать?

– В каком отеле?

– Ну помнишь, в прошедшем декабре, мы еще встретили лису на улице.

– Ну.

– А на кровати еще плед, и мы ногами запутались, как в одной колготке.

– Ну, наверное. Да, видимо.

– И тут тоже такой клетчатый плед поверх одеяла?

– И плед.

Тогда нельзя ничего трогать. Пойдем дальше. Так откуда взялся волк?

Ясно одно: волк пришел из леса, постучал в дверь, сказал, что это его домик, был зол и удивлен: почему это ты зашла туда без разрешения?

– Зачем же волк стучал в собственный домик?

– Это был вежливый волк, к тому же он всегда стучал в свой домик, прежде чем войти, так он здоровался с домиком.

– И с чашками?

– И с белыми-белыми чашками.

– Которые нельзя трогать.

– Именно.

– Какая странная история.

Пряничный домик, говорю я, сам по себе не слишком обычная история, поэтому удивляться не надо. Хорошо, не будем удивляться – так что же сделал злой, но отчего-то вежливый волк?

И я говорю, что волк пообещал тебя съесть.

– Зачем это волку меня есть?

– Волк был зол.

И вот он пообещал тебя съесть, а за окном звенящий мороз, и снег падает так, будто он проваливается сквозь воздух, прожигает его, делает в нем дыру, плавит его как металл. И выходить из пряничного домика совсем не хочется, особенно если из-под одеяла, а еще меньше хочется заходить в пасть к волку, которую он приветливо открыл. Кроме того, у тебя на спине есть Большая Медведица из родинок, и Малая тоже есть, и Орион – и вообще, тебя совершенно нельзя есть, потому что это не так уж часто бывает, чтобы у кого-то на спине было так много созвездий сразу, и спина была бы такая горячая, как кастрюля с только что сваренной картошкой, и гладкая, как сатин.

Я вздрагиваю и закутываю нас в одеяло, оно слишком зимнее для местного декабря, на нем пододеяльник с узором «азиатская плитка», я купила его на «солдах». Правильнее всего покупать все на «солдах» — можно отхватить реально дорогие вещи реально дешево. Ну, не важно. На бисквитную крышу тем временем падает снег, и я не слышу его, но чувствую.

Снег я придумала. Круто.

Вообще снег бывает очень красивым и очень приятным на вкус, правда, вкус быстро тает, и остается только послевкусие от талой, пресной воды. Пряничный домик никогда не растает, я надеюсь на это, а твои волосы такие упрямые и путаются между пальцев.

Ты говоришь: я скажу волку, что сама его съем.

— Домик съешь?

— Волка съем.

И волк пугается. Волк — вежлив, зол, пуглив.

Волк говорит: «Ну ладно».

— Так и говорит: «Ну ладно»?

— Да.

Волк: вежлив, зол, пуглив, покладист.

Ты говоришь, что завтра надо испечь булочки с марципаном.

Ты говоришь, а потом спишь, и пряничный домик тоже спит, и очень становится жалко волка, который скребется в дверь и даже пищит, но поделом, потому что вел себя плохо и поцарапал мне бровь.

Глава 19

ВРЕМЯ ИКС

Не могла заснуть — думала про Леню. Он сегодня был в клетчатой красной рубашке. Стоял с ребятами из музыкального кружка на крыльце школы в распахнутой куртке, я слышала его смех, а сердце мое прыгало так, что, кажется, видно было издалека. Когда я поравнялась с ними, он кивнул мне, и я сказала «привет», но голос остался где-то в горле. Успокоилась, только когда в класс пришла. Была самостоятельная работа, нам раздали листочки, но я просто смотрела на свой.

— Жень, ты че, — Аля толкнула меня локтем.

— Ниче, — сказала я и написала на листочке свое имя, дату и вариант.

Мой вариант был первый. Судя по тому, что у Альки второй. Хотела спросить у нее, что делать нужно, но тут листочки стали собирать. Я написала: «Простите, я пропустила задание, потому что думала о любви». И сдала. Мама говорила: нужно быть честной, и люди тебя простят. Не то чтобы я в это особенно верила: Вера маму так и не простила. Но ведь и мама не была достаточно честной с ней. И что теперь?

По крайней мере, я могла проверить гипотезу.

Ночь все длилась и длилась. Я вздохнула и полистала Инстаграм. Новых фото Леня не выложил, но я видела, что он в сети. Открыла нашу переписку, в которой не было ничего особенного: даты и время репетиций, сухие строчки, даже без смайликов. Могу ли я рассчитывать хоть на один лайк?

Я зажгла свет, взяла гитару и подняла ее над собой ногами, как кубок. Сфоткала и написала: «Руки устали, играю ногами».

Выложила и стала ждать.

Нам ведь досталось хорошее время? Мы всегда можем выложить фото и ждать одного-единственного лайка. А другие люди будут лайкать и не знать, что они – не те. А один человек лайкнет и не будет знать, что он – тот. Или не лайкнет и тоже не узнает, что ты ждала. Или подумает: не буду так часто лайкать, чтобы не показалось, что я особенно както к ней отношусь. Или наоборот: не буду лайкать, чтобы не давать напрасных надежд. А может быть еще проще: на самом деле понравилось фото, и никаких двойных смыслов. Или еще: это ловушка и ты в эту ловушку попал. Если человек достаточно тебя изучил, он всегда может сделать фото, которое понравится именно тебе.

И тут прилетел лайк. Его лайк. Лене понравилось мое фото. Это была ловушка, дружок.

Я смотрела и смотрела на это уведомление, боясь, что оно исчезнет. Что он отзовет свой лайк, потому что у него, например, случайно палец соскочил. Я сделала скрин экрана и на мягких лапах прокралась внутрь аккаунта. Лайк на месте. И комментарий: «Красивые ноги)) И кстати не ты первая — есть чуваки, которые только ногами и играют».

Он написал комментарий. Обалдеть. Я же должна что-нибудь ответить? Если отвечу слишком быстро — он решит, что я сидела и ждала. Если не отвечу — это вообще невежливо. Не отвечать нельзя. А что тут ответить? «Какие чуваки?» Стерла. «Спасибо:)» Стерла. «А ты умеешь?» Стерла. «Да просто не спится». Стерла. «Чего не сделаешь, когда не получается заснуть))». Отправить? Ок. Что за идиотскую фразу я написала? Блин! Сейчас он точно решит, что я дура. Тупая малолетняя дура. Телефон молчал. Я несколько раз порывалась стереть свой комментарий, но это ж будет совсем глупо, если он уже прочитал?

«И что не спишь?» — сообщение в мессенджер. Уши мои горят огнем. Пылают даже. Вера, если бы сейчас зашла в комнату, сказала бы — Жень, электричество, между прочим, стоит денег. А мама сказала бы – давай спи уже, завтра утром опять будет не поднять. Но в комнате только я. И Леня. С зеленой точечкой. «Да кино смотрела», – отчаянно соврала я, чтобы не выглядеть идиоткой, которая не ложится спать, потому что ждет лайка. «Какое?» Какое, блин? Поисковая строка: культовые фильмы. Нет... Авторское кино? Так, если он тоже смотрел это, а я нет, то что? «Главные режиссеры». Ну ок. Тарковский, точно – это всегда хорошо. Мы что-то смотрели однажды с мамой, там было ноль действия, все как в тумане, но про космос и любовь, я запомнила. Там один герой говорил другому, что человек не желает завоевывать космос, потому что человеку нужен человек.

Это сильная мысль. Мне нужен человек Леня, поэтому я пишу: «Да, Тарковского пересматривала». Пересматривала! Конечно, ведь кончилось уже все то, что я могу посмотреть впервые. Что ж я за дура!

«Мощь, – ответил Леня. – А я просто бренчу».

Разговор завял, и я стала судорожно думать, что бы еще написать. Вера называет это «сюжет». Когда ей звонят пациенты, она говорит: а сориентируйте меня по сюжету своей карты? Леня, сориентируй меня. Точечка горит, Леня молчит.

«Песню сочиняешь?» – спросила я, зацепившись за тонкую мокрую ветку.

«Нет, — ветка хрустнула, а руки заскользили вниз. — Я люблю иногда добавлять «лишние» аккорды в уже готовые мелодии, чтобы посмотреть, что будет. Это не сочинительство — так, редактура».

«И какую песню редактируешь?»

Я нащупала под ногами твердую землю и отпустила ветку.

«Твою». Но оступилась и улетела в обрыв.

«Хочешь послушать?» Внизу проплывало облако, подхватило меня и вытащило наверх. «Наберу тебя в фейстайме?» Наверху — жара. «Да».

Принять звонок? Леня в домашней футболке. На ней нарисованы собаки. Одна из них — я.

«Минуту, — сказал Леня и поставил телефон на пол, прислонив его к чему-то. — Ну смотри. В этом моменте могло бы быть так...»

За спиной у него — разобранная кровать, хаос из одеяла, подушек, книг и одежды — все комом. На стене какой-то винтажный плакат «Пинк Флойд». На горке хаоса спит кот, спрятав нос в шерстяные лапы. Леня играет мою песню ночью, сидя возле постели по-турецки, а я смотрю на его шерстяные носки — крупным планом в камеру — серые, вязаные, с оленями и бубенцами.

Я думаю: как же я люблю тебя. И говорю: «Круто получилось. Давай так и оставим?» Давай так и оставим: ты сидишь в носках, играешь мне, а я слушаю. Он спрашивает: «Серьезно? Тебе правда нравится?»

Я говорю: «Огонь!» И думаю: как же я люблю тебя.

Он говорит: «Ну ок. Тогда завтра вместе попробуем». А я слышу только слово «вместе».

«Классный плакат», — говорю я, только бы не нажимать «отбой». Снова хватаюсь за хрупкую мокрую ветку.

«Аа… Этот. Купил на блошке. Ну я отключаюсь, а то тебе завтра вообще-то в школу. Пока!» Ветка ломается, и я падаю вниз.

«Пока», — говорю я, но знаю, где-то внизу проплывает облако. Он нажимает красную кнопку и улыбается. Я думаю: ну точно. И падаю. Мягко.

Глава 20

ИСКУССТВО СЛУЧАЙНОЙ ВСТРЕЧИ

Перед тем как встретить Веру, мама и не думала ни в кого влюбляться — у нее был отличный жизненный план, что она окончит свою художественную академию, переедет в Париж и будет там писать картины, сидя на белых камнях Монмартра. Она даже пошла учить французский и упорно продолжала его учить некоторое время после встречи с Верой, та приходила и стояла под окнами школы, где шли вечерние курсы всякой всячины — от китайского до макраме. Вера топталась на морозе, сжимая поникшие красные розы, а мама выбегала, едва звенел звонок, — распахнутая, без шапки, в длинном свитере до колен.

Вскоре французский она забросила.

В Париже мы были раз пять, два из них — в Диснейленде. Ходили в основном по музеям, было холодно, толпы везде, в ресторанах очереди и нет детского меню, я так и не поняла, почему нужно любить этот город.

Перед тем как мама встретила Веру, она собиралась жить в Париже, открыть там мастерскую, бросить своего парня и выйти замуж за современного Ван Гога или Гогена. Парня она бросила, все остальное пошло не по плану.

Перед тем как я встретила Леню, я собиралась окончить школу, поступить в институт и не петь никаких песен. Любовь всегда меняет наши планы, как погода. Снег заставляет нас одеваться теплее, а любовь — постоянно чувствовать себя голой. И сверкать, как замыкающие провода.

Мама сначала не понимала, что происходит между ней и Верой. Вера была свободная, спокойная, немногословная, холодная, практичная. Как любой врач, наверное? Ей многое нравилось в этом ее незнакомом спокойствии, оно ее к себе влекло. После того знакомства и глупого разговора они встретились еще раз — случайно возле метро. Вера удивилась, выглядела недовольной. А мама уже прочно думала о ней. Встреча была неловкой: Вера торопилась на смену и не знала, о чем говорить, мама краснела и пыталась тянуть время. От того лета осталось одно письмо — мама отдала его Вере, когда они уже начали встречаться. Вера сохранила его в том же чемодане, где и все остальные свои остывшие воспоминания.

«Из духоты летнего метро — на прохладные голубые простыни, прохладные и легкие голубые одеяла, босиком — по холодному паркету (то там скрипнет, то здесь). Распахнуть настежь форточку — пусть и в эти десять квадратных метров залетает лето. В городе душно, в метро нет сил дышать еще и оттого, что где-то в глубине тоннелей, на пересечении станций, быть может, и она тоже — куда-то спешит. Как бы я хотела положить голову ей на плечо, сидя бок о бок в дымном вагоне, — и спать. Очень хочется спать. Утро пришло неожиданно, ночь не успела кончиться: едва закрыла глаза, и уже пять на часах, а потом — семь. Полночи читала конспекты, выполняла самой же себе данное обещание: не прочитаю все — хотя бы через слово — ничего у нас не будет. Но выполнила, а значит — будет. Вставать и уже бежать, бежать, бежать — мимо домов, и ее дома, наверное, тоже, должны же мы жить рядом, иначе почему мы встретились? Но что-нибудь забыть и снова — мимо ее дома — назад. Возвращаясь туда, сюда, потратив уйму денег на автобусы и маршрутки, лететь с удовольствием, с шансом на встречу. На это мимолетное острое столкновение глаз, за которое бы отдала всю себя, лишь бы это длилось вечно.

За сегодняшний день — третий раз выхожу на «Баррикадной», а ее, как ни хотела, не встретила. «Еще увидимся», — ты так мне сказала и пожала мне руку, а я от этого прикосновения вся загорелась внутри, как от выстрела».

Третья встреча произошла на той же квартире, что и первая. Встречали Новый год. Там уж Вера пошла ва-банк и спросила маму про любимых художников. Мама час распиналась, потом махнула рукой и позвала Веру в Третьяковку.

— Там тебе все и покажу, — сказала она. Вера послушно кивнула. В картинную галерею она пришла с пакетиком, в котором лежал белый халат. Ну а куда его деть? Мама потом долго вспоминала ей этот пакетик и смеялась.

— Ты бы еще стетоскоп надела вместо бус, — хохотала она. Но тогда она, конечно, вида не показала. Они шуршали пакетиком по пыльным музейным залам, мама рассказывала про картины, обмирая, а Вера смотрела на нее.

— В тот вечер я поняла, что хочу тебя поцеловать, — говорила она.

— А что Левитан был мастером «пейзажа настроения», ты не поняла?

— Что?

— Понятно!

После долгого испытания музеем Вера повела маму пить кофе, но та осмелилась и взяла еще коньяка. А потом они гуляли по набережной, взявшись за руки, и снег покрывал длинные мамины волосы, потому что она не надела шапку.

— Я просто хотела тебе понравиться, — говорила она.

— Ты мне уже нравилась, но шапка бы спасла тебя от болезни.

— Зато тебе не пришлось бы потом меня лечить, и кто знает, как бы у нас все сложилось.

После той прогулки мама слегла с ангиной, позвонила Вере и сказала, что нужен врач. Вера примчалась, как доктор ее тела, с банкой варенья, целебными порошками и без пакета. Халат был на ней.

Точнее, на этот раз — зеленая футболка с бейджиком. Там-то все и произошло.

Мама не знала, что делать, но действовала, Вера знала, но первые пять минут не могла даже пошевелить рукой.

Почему я полюбила Леню? Он красивый. Талантливый. Странный. Круто играет на гитаре. У него особенная манера говорить: он так немного растягивает слова и еще не выговаривает букву «р». В моем имени нет этой буквы. Это кстати. У него синие глаза, сквозь которые льется свет — холодный, как в операционной. Он носит длинные кофты, которые развеваются, как плащ супермена, и узкие джинсы, как скандинавские музыканты. У него красивые руки, особенно когда он перебирает лады. И светлые волосы. И бирюзовый шарф.

А что я могу сказать о себе?

Я умная.

Это все.

Мама говорит, что этого достаточно. Ей легко говорить — она красивая.

Вера говорит, что этого достаточно. Ей легко говорить — у нее авторитет.

А что я? Я умная и как-то сразу поняла, что Леня вряд ли ответит мне взаимностью. Он стоял у окна, лучи пробивались сквозь его длинную челку, он читал книжку и выглядел как король солнца. Или как солнца этого принц, я не знаю. Словом, этот парень не для меня. В нем все было «слишком». Но это же не повод не пробовать?

Я могла бы подойти и сказать: «Я люблю тебя». Но я бы никогда не осмелилась. Я могла бы отправить записку или написать ему сообщение. Но как бы я потом смотрела ему в глаза?

Петь песню — это делать что-то с ним вместе. Я лучше буду что-нибудь делать с ним, чем издалека любоваться и ждать, что он придумает для меня ответ.

Так и вышло, что теперь по понедельникам и четвергам мы стоим с ним рядом на одной сцене и я фантазирую, будто мы одна музыкальная группа, поженились, прославились и ездим на гастроли.

Поэтому вот: репетируем.

Вера тоже не думала, что мама ее полюбит, поэтому она долго ее изучала, не решалась подойти, смотрела, как она смеется или обнимается с ребятами. Вере казалось, что этот уровень ей недоступен.

Что ей нужно подняться еще на ступень, потом еще на ступень и тогда уже подойти и выпить кофе. Но мама ее опередила, протянула руку и сказала: пойдем. Но Вера все равно не перестала подниматься по ступенькам. Внутри она всегда чувствовала себя недостойной. Поэтому она все время доказывала свою любовь: зарабатывала деньги, брала на себя ответственность, строила планы на будущее, вила гнездо.

Почему Вера полюбила маму?

А что мы вообще знаем о тех, кого любим?

Вера всегда говорит, что любовь — это химическая реакция. Точнее, реакция одного существа на запах другого. Она говорит, мы все животные и ничего возвышенного тут нет. Говорит, что с точки зрения биологии — мы просто выбираем партнера получше.

— Но почему ты выбрала маму? — однажды спросила я. — Она ведь встречалась с парнем.

— Все просто, — ответила Вера. — В живой природе бобер же точно знает, что ему нужно найти другого бобра, а утка — не подойдет.

— Иначе бы мы жили в картине Иеронима Босха, — вставила мама.

— Да, — кивнула Вера. — Но вокруг нет бобро-уток. Это значит, что природа не ошибается — и мы всегда выбираем правильно.

– Даже если бобер еще не подозревает об этом и думает, что он утка, – засмеялась мама.

– Даже если так.

Несмотря на это, мама говорит, что любовь – от Бога. Что Бог дает талант и вдохновение, а заодно любовь. И что любовь – это двигатель, иначе бы талант и вдохновение не могли функционировать. Это такое топливо – чтобы что-то оставлять после себя. Вера говорит, детей. Мама говорит, искусство. Но обе они соглашались, что это в целом одно и то же.

Так что получается? Веру к маме привел Бог, чтобы она писала картины. Маму к Вере – какая-то химическая реакция, чтобы появилась я. Столько всего, и все напрасно: теперь они восемь лет друг с другом не разговаривают, а я между ними – безответно влюбленная.

Дожили.

Глава 21

ЕСЛИ БЫ

Если бы Леня решил меня поцеловать, я бы забыла язык, на котором говорю. Но Леня пока не решил. После сегодняшней репетиции он просто пошел провожать меня до метро.

Точнее, как?

Просто пошел к метро, а я – туда же.

– Холодно сегодня, – сказал Леня и поежился, как мокрый воробей.

– Угу.

– Давно играешь?

– С детства немного.

– В семье музыканты есть?

– Нет.

– М-м-м. Мама твоя вроде художница? Видел объявления в школе про ее выставку. А кто отец у тебя?

Этот вопрос всегда ставил меня в тупик. Впрочем, мне его почти никогда не задавали, поэтому я так и не придумала на него ответ.

– Врач, – быстро сказала я, решив, что на этой теме я по крайней мере не завалюсь.

– Круто. Какой?

– Да так... Хирург, – и я тут же завалилась.

Но ведь Вера сама соврала, когда мама ее спросила?

А если мы поженимся? Как я покажу ему Веру?

– Неплохо. А я своего не знаю.

Я своего тоже, подумала я. Но было поздно.

— Я и гитарой стал заниматься, потому что мама говорила, что мой отец — музыкант, представляешь? Я иногда сижу, клипы смотрю и думаю: может, этот? Некоторые даже кажутся мне похожими на меня. Из тех, кто мне нравится, конечно.

Он сам засмеялся своей шутке и шмыгнул носом.

Это здорово, думала я. Это чертовски здорово, потому что я делаю то же самое. Но не с музыкантами, а со всеми — на каждого мужчину, который кажется мне симпатичным, я пару минут смотрю с мыслью — мог бы он быть моим отцом или нет. Хотя это вряд ли. Мама и Вера выбирали моего отца из сотен вариантов европейского банка спермы. У меня есть его детская фотка и даже голос. В том сообщении он по-английски говорит о том, что желает прекрасных детей всем, у кого не получается. У мамы и Веры, стало быть, не получалось, и мой отец им помог. Я, вероятно, никогда не узнаю, кем он был.

Может быть, музыкантом.

А может, садовником.

Кто вообще сдает свою сперму?

По крайней мере, с музыкой у меня как-то сразу сложилось. А вот цветы у меня не растут.

— У меня нет отца, — тихо сказала я.

— Что? — Леня посмотрел на меня удивленно.

— Ну, то есть у меня есть отчим. А мой отец — я, короче, тоже не знаю, кто он.

— А разве это важно? — Леня улыбнулся и пошел дальше. — Если он тебя любит, значит, он и есть твой отец, даже если он тебе не родной.

— Ну да, — согласилась я. — А ты знаешь, что человек — дракон? — спросила я, чтобы как можно скорее свернуть с этой скользкой дорожки.

— Что?

— Ну вот же, смотри, — и я выдохнула в морозный разреженный воздух.

Леня засмеялся, я тоже.

— Ты смешная, — сказал он. — Только зря без шапки ходишь.

— Да тут недалеко же... — сказала я, хотя уши мои ужасно замерзли, Вера бы меня убила, но я просто хотела ему понравиться.

— Ну ладно, давай, — сказал Леня и положил руку мне на плечо. — Посвящаю тебя в королеву драконов!

Он дыхнул огнем и шагнул в теплый желудок метро. А я достала из рюкзака шапку и стала ее нахлобучивать, подышала немного, потом тоже зашла в метро, расстегнула куртку, а шапку так и не сняла.

«Ничто не проходит бесследно», – сообщила мне мама в ответ на мое заявление, что я сочинила песню и буду выступать с ней на новогоднем концерте. «В каком смысле?» – спросила я. «В том смысле, что не зря мы в детстве заставляли тебя заниматься музыкой».

Кто это «мы», хотелось спросить мне. Но я знала, что под «мы» мама по привычке имеет в виду себя и Веру, а не себя и бабушку, например. Впрочем, бабушка никогда меня заниматься музыкой не заставляла. Если подумать, меня и не нужно было заставлять, просто и мама, и Вера следили за тем, чтобы я не пропускала занятия и хотя бы немного тренировалась дома.

Или не дома. Однажды я выступала в ординаторской у Веры: я пришла к ней после школы с гитарой, а ее коллеги спросили, не знаю ли я такую-то песню. Песни я не знала, но подобрала – анестезиолог мне напел, потом они все затянули слова, смысла которых я не уловила, но было классно. Врачи — веселые ребята, совсем не такие, как художники. На маминых вечеринках всегда было торжественно и скучно, все ходили из угла в угол красиво одетые и с бокалами, и я спрашивала:

— Мам, это что, и есть ваши знаменитые вечеринки?

— Ну да, видишь сколько народу пришло, все веселятся...

— Веселятся?

— Понимаешь, взрослые веселятся так.

— Как?

— Ну... Пьют из стаканов.

Но это, вероятно, было потому, что на настоящие вечеринки, точнее ночнинки, — мама меня никогда не брала. Оттуда она возвращалась под утро, шелестела юбками в прихожей, что-нибудь обязательно падало, она чертыхалась, а бабушка шипела на нее из гостиной. Ничто не проходит бесследно, и это тоже. Мама часто после таких вечеринок болела и несколько дней принадлежала только мне. Она разрешала мне пропускать школу, и мы целыми днями играли в настольные игры, в кукол и ферму, сражались в виртуальных танцах или пели. Мама включала мне свои любимые песни, а я угорала под них. Это были самые лучшие дни. Так что я всегда ждала маминых вечеринок, потому что знала: мама вернется и будет играть со мной.

После таких дней Вера, забирая меня из школы, спрашивала:

— Ну что, у твоей матери опять не сложилось с алкоголем?

— Почему не сложилось? — искренне не понимала я. — Наоборот. Сложилось.

— И, похоже, это единственное, с чем у нее всегда складывается, — ухмылялась Вера, подхватывая мои мешки со сменкой.

Ничто не проходит бесследно, и Вера не прощала маму с удивительным каким-то упорством, хотя однажды у нее на стене появилось фото, где мы втроем стоим на заснеженном берегу у серого юрмальского моря, меня почти не видно за шапкой и капюшоном, маме волосы ветер задул в лицо, а Вера стоит с очень серьезным лицом и делает вид, что ей не холодно.

— Повесила фото с мамой? — удивилась я.

— Это фото с тобой, — отрезала Вера. — И я там тоже есть, если что.

– Да, но там есть и мама.

– И что? Просто хороший был день.

Но это не просто хороший день. А очень счастливый день. И кроме того, наша последняя зима вместе. Или поздняя осень. Мы поехали туда на выходные, у Веры нечасто появлялось два выходных подряд, так что было решено не терять их даром. Уже там, днем раньше, мама и Вера разругались, и я с большим трудом помирила их для этого дня. Я думала, что они ругаются из-за того, что мама взяла мне не ту шапку. Раньше я всегда считала, что они ругаются из-за меня, да и вообще – снег идет, дождь, меняется мода и президенты, совершаются научные открытия, космос становится ближе – и все это, конечно, из-за меня. Любой ребенок так считает, я не исключение. Но они ругались не поэтому. Мама просто начала ходить на свои вечеринки и знакомилась там с разными людьми, а Веру с ними не знакомила.

Вера ревновала, а я думала, дело в шапке. Но я не помню, что мне было холодно, честно говоря, а вот какой был день хороший – помню. Ничто не проходит бесследно, да?

– Мама, ты помнишь тот день в Юрмале, когда ты взяла не ту мою шапку?

— Да, Вера сожрала мне весь мозг.

Я стояла в прихожей и собиралась идти в школу, посмотрела в телефоне прогноз погоды (не запомнила). Потом спросила:

— Маам. Ты еще любишь Веру?

Мама вышла из гостиной и посмотрела на меня так, будто меня подменили в роддоме и она только что узнала об этом из анонимного письма. Потом сказала:

— Шапку надень.

Глава 22

ОДНО ОТПРАВЛЕННОЕ ПИСЬМО

Леня, сегодня опять нет снега. Что это за странная зима? Мне всегда нравился снег. Я ненормальная? Ты знал, что, например, в Норильске снег лежит 244 дня в году? Однажды мама рассказала об этом за завтраком мне и Вере, а Вера засмеялась:

— Это восемь месяцев: можно было бы выносить ребенка.

Ношу шапку, потому что ты мне сказал. Мама тоже сегодня сказала про шапку, но это для меня не так важно. По крайней мере сейчас. Мне ужасно хочется тебя поцеловать. Еще хочется обнять тебя сзади и прижаться щекой к тому месту, где сходятся лопатки. Мне вообще очень нравится стоять у тебя за спиной: я ничего не вижу из-за твоей спины, ничего совершенно лишнего, так и должно быть.

Утром я стащила мамино свежее письмо. То есть как стащила, оно лежало в мусорке, но я не постеснялась — вынула его, стерла йогурт и крошки, стряхнула слезы и положила в карман джинсов. С годами я привыкла к тому, что любые скомканные листочки в мусорке — письма. Мама часто писала и не отправляла, и я не могла понять, почему она делает это на бумаге, тогда как гораздо удобнее было бы писать в телефоне и стирать.

Писать и стирать. Писать и стирать. Я так часто делаю: пишу Лене, пишу, а потом стираю.

В общем, мама предпочитала писать на бумаге, потом комкать и кидать в мусорку. «Вера, очередная зима без тебя. Почему я должна жалеть об этом до конца своих дней? Как ты живешь? Кто греет тебе молоко по вечерам? Кто стирает твои чертовы халаты?»

Халаты — это мамина слабость и боль.

После Вериного ухода она долго не могла начать ходить к врачам, потому что все в них напоминало ей о Вере, а также все они были недостаточно хороши. Она часто называла их «этот идиот» или «эта идиотка», потому что не доверяла ничему тому, что они говорят. «Этот идиот опять прописал мне какую-то чушь, куча побочных эффектов — не стану пить. Ну вот беру я, допустим, таблетку от головы, а там написано в побочных эффектах: головная боль. Нормально? Идиот».

Еще иногда она говорила подругам о Вере: «Хуже всего, что я потеряла действительно хорошего врача».

Когда Вера ушла, мама написала ей только одно стихотворение, и оно тоже было об этом:

«ты же врач. остуди меня, вылечи, дай мне совет,
рецепт,
чтобы я не хотела смотреть в тебя, будто бы ты
на приеме,
словно я побежала с ума, изменившись в лице,
рассмеявшись в лицо стоящим в дверном проеме
запрещающим «нет». ты же врач.
прекрати быть моим врачом,
будь моим встречающим в здании аэропорта,
сохрани меня в тайне, как будто бы мы ни в чем
не узнали ни смысла, ни слова, ни поворота,
это все, что прошу. оставайся в моем нутри
среди сотен ослабленных и обреченных
желаний

не смотри мне на руки, все файлы мои сотри
ты же врач, подними меня, если приду
в сознанье узнать ответ.
ты же врач. будь любимым моим врачом,
будь связным моим с тем, что у нас потерялось,
пропало,
будь письмом моим, склеенным сургучом
будь всем тем, чего мне чертовски мало,
вернись ко мне.

Я не знаю, отправила она его или нет. Мне оно очень понравилось. Если бы я не пела свою песню, пела бы эту.

Вечером я собрала все скомканные бумажки, включая это стихотворение, все письма, все рваные листочки с пятнами от йогурта. Положила их в конверт. Написала на нем Верин адрес. Я не знала, зачем это делаю. Просто уже восемь лет прошло — может, теперь им пора поговорить?

Это, наверное, плохая идея. Но иногда с плохих идей начинается что-то хорошее. От себя я написала: «Мама всегда говорила: «скажи». А сама молчала. Может, это неправильно, что я собирала ее письма тебе, письма, которые она сознательно не отправляла, но между вами уже все настолько неправильно, что этим уже ничего не испортить».

Мой белый

Утром перед школой я пошла на почту и попросила две марки «по России». Тетенька в окне заулыбалась и спросила: «Пора поздравлений?» – «Пора», – согласилась я. Потому что уже действительно было пора.

Я наклеила марки и засунула письмо в прорезь синего ящика. «Лети, не теряйся», – сказала я письму и толкнула его.

Глухой стук упавшего на дно конверта – и чья-то жизнь может измениться. А может и нет.

Через пару дней Вера приехала забрать меня из школы.

– Я получила твое письмо, – сказала она. – Спасибо.

– Это не мое письмо, – сказала я.

– Разве не ты его отправила?

– Я.

– Тогда это твое письмо.

– Может, я только... Посредник?

– Между кем и кем? Между мусорным ведром и мной?

– Вер.

— Все очень просто, Женя: если бы она хотела, она бы отправила сама.

— Она тебя боится.

— Ты не думала стать адвокатом?

— Я хочу стать певицей.

— Это хорошо. Это действительно хорошо.

— А стихи тебе хотя бы понравились?

— Я ничего не понимаю в стихах.

— Я не прошу писать рецензию, я спрашиваю, понравились ли они тебе?

— Мне кажется, твоя мать не очень хотела, чтобы я их читала.

— А зачем тогда писать?

— Чтобы не сказать.

Я не знала, что еще спросить, поэтому просто уставилась в окно.

— Леня сегодня снова проводил меня до метро, — сказала я, чтобы сменить тему.

— Напиши ему письмо, — сказала вдруг Вера. — Не надо больше песен, не надо намеков, просто скажи ему правду.

— Какую правду?

— Скажи, что любишь его.

— А вдруг он меня отвергнет?

— Разве ты не хочешь получить ответ? Разве главное — только сказать?

— Хочу.

— Тогда скажи и получи ответ. А потом стань певицей. Потому что ты хорошо поешь, а не потому, что боишься сказать.

Тут она права. И я стала думать, что напишу Лене. Я писала это письмо круглыми сутками: ходила и писала его в своей голове, писала и переписывала, комкала, бросала в мусорку и начинала снова. У меня получалось все время слишком глупо, или слишком умно, или чересчур пафосно, или, наоборот, небрежно. Я не знала, как начать и чем закончить, и наконец решила спросить совета у мамы (эксперта по неотправленным письмам).

— А что ты хочешь сказать ему? — спросила мама.

— Что я его люблю.

— И все?

— Ну да.

— Ты знаешь, есть очень простая формула, как это сделать.

— Как? — обрадовалась я.

— Бери листок и пиши.

Я взяла листок.

— Готова? — спросила мама.

— Да, — ответила я и взялась за ручку покрепче.

— Пиши: я люблю тебя.

Я записала под диктовку.

— Ну вот, — сказала мама. — Все.

Это было самое короткое и самое объемное письмо на свете.

Глава 23

ЧТО-ТО ПОШЛО НЕ ТАК

Письмо Лене я так и не отправила. Ходила и думала, как мне поступить: сделать и не жалеть или не сделать и жалеть, но страх сковывал меня по рукам и ногам. Я встретила его в коридоре — на нем был синий бадлон, черные джинсы и белые кроссовки. Я притворилась, что проверяю что-то в своем телефоне, и сделала кривую расплывчатую фотографию. На ней было синее пятно, но я смотрела на него весь урок географии.

Внутренняя география — ты.

Вечером решила поехать к Вере. Эта дурацкая моя привычка все свои намерения прогонять через двойной фильтр: сначала с мамой обсудила, теперь с Верой надо. И хотя я знала, что поступлю все равно иначе, мне было важно знать, что они думают. Хотя думали они все время разное. Такой стиль: ни в чем друг с другом не соглашаться. Наверное, из вредности.

Я пошла к Вере на работу и решила ее там подождать. Под ногами было жидкое скользкое месиво из вчерашних листьев и грязного дождя, так что, когда я натянула на ботинки бахилы, внутри них образовалась вполне ощутимая лужа, которая расплескивалась, когда я шла по белым кафельным коридорам.

У Вериного кабинета, как обычно, скопилась очередь. Я увидела красную лампочку у двери и тоже села на диванчик. Люди смотрели на меня странно: думали, скорее всего, что я залетела от парня и пришла на аборт. Или заразилась чем-нибудь. Первое время я чувствовала себя неловко, но чем старше я становилась, тем большее получала удовольствие от этого спектакля: я специально делала трагическое лицо, сидела, воздев очи к потолку, звонила Альке и говорила громким шепотом: «Алечка, я у гинеколога, мне пиздец, не говори маме», иногда даже одевалась так, чтобы казалось, что я скрываю живот.

Вера однажды вышла в коридор во время моего бенефиса, пригласила в кабинет и сказала строго:

«Переигрываешь. К матери твоей придет опека, и будет не до шуток», потом завела меня в ординаторскую и сказала коллегам: пусть эта девочка тут посидит, чтобы людей не пугать. И кто-то спросил ее: юная пациентка? «Взрослая дочь», — засмеялась Вера, и врач засмеялся, и я тоже.

Вера умела вот так — разрядить накалившуюся атмосферу. Именно поэтому я никак не могла простить ей ту звериную серьезность, с которой она не прощала маму.

В общем, я села у кабинета и стала ждать — как обычно. Я могла прошлепать в своих чавкающих бахилах до ординаторской, меня там давно уже знали, но не хотелось ни с кем разговаривать. Я рассматривала грязное месиво на своих ботинках, а тетеньки в очереди смотрели на меня с сожалением и брезгливостью, и я для пущего эффекта спросила: кто последний? Теперь, когда я достигла возраста согласия, я даже была согласна на все — если бы только Леня мне предложил, и за год до совершеннолетия я, наверное, перестала быть интересной для органов опеки. Мысли мои свернули куда-то не туда: я стала думать о том, что может произойти, если Леня мне что-нибудь предложит, я подумала, что нужно бы купить презервативы, никто же не знает, как там оно повернется после концерта, может быть, он скажет: а поехали ко мне продолжать вечеринку? Или он скажет: поцелуй меня? Хотя нет, что за дебилизм, он так не скажет – он просто возьмет и поцелует меня, и я его обниму, а потом он скажет: пойдем ко мне? И я пойду.

Несмотря на бахилы, под моими ногами растеклись две бесформенные лужи. Как если бы мои ботинки были в снегу, но они были в грязи. Считается, что двух снежинок с одинаковым узором не существует. Как уверяет физик Джон Нельсон, вариантов геометрических форм снежинок больше, чем атомов в наблюдаемой Вселенной. Так и с лужами, если честно: иногда они похожи на озера, а иногда на яичницу, а иногда на бегущие реки, исчезающие в расщелинах паркета.

«...Кто последний?» – спрашивала девушка, и вся очередь смотрела на меня и ждала ответа, потому что последняя, как известно, я.

Я подняла руку, как будто готова ответить урок, она улыбнулась и села рядом: красные колготки, зеленое платье, белые волосы, огромный букет роз.

«Ни хрена себе», – только и подумала я.

Дверь открылась, и вышла Вера. Красные колготки порхнули к ней со своим веником и закрыли ей весь обзор. Я хотела оттолкнуть колготки и сказать, что вообще-то я единственная здесь могу вот так врываться к ней в кабинет, но, кажется, кто-то меня опередил.

— Девушка, я вообще-то в очереди перед вами, — сказала женщина с пучком и начала оттеснять красные колготки, которые смотрели на Веру не отрываясь.

— Все в порядке, — сказала Вера. — Это по личному вопросу. Одну минуточку.

И они с красными колготками растворились в кабинете.

— Черт знает что, — сказала женщина с пучком. — Я же записывалась на 17, а сейчас 17.30 вообще-то. Чего она пролезла-то?

— Это любовница ее, — сказала я и пошла к выходу из клиники, представляя, как вся очередь смотрит мне вслед.

О эти взгляды.

Что ж, я достигла возраста несогласия с жизненным выбором моей матери. Обеих моих матерей.

Когда я вышла на улицу, зазвонил телефон. Это была Вера.

— Жень, ты приходила? Ты где? Что-то случилось?

— А что, теперь все любовницы ходят к тебе на работу?

— Женя.

— Просто это так глупо — все же видели.

— Это могла быть просто бывшая пациентка.

— А она бывшая пациентка?

— Нет.

— Тем лучше для тебя — иначе бы тебя уволили.

— Женя, ты несправедлива.

— Ну-ну.

— Смирись с тем, что у меня тоже может быть личная жизнь.

— Тоже? У мамы сейчас никого нет.

— Это не имеет значения.

— Еще как имеет.

— А мы что, соревнуемся?

— Я переспала с Леней и залетела.

— Что?

— Что слышала.

— Хорошо. Пожалуйста, вернись, и мы все обсудим.

— Я пошутила.

— Женя, черт бы тебя драл. У меня сейчас просто волосы дыбом встали.

— Но я планирую с ним переспать, если хочешь знать.

— Не делай этого. Его посадят.

— А тебя нет?

— Женя, у меня может случиться личная жизнь, хочешь ты того или нет.

— Звучит как угроза.

— Но я всегда буду тебя любить.

— Звучит как прощание.

— Я не прощаюсь, и я очень надеюсь, что ты сможешь меня понять и однажды познакомиться с Машей.

— С кем, с кем?

О господи. Это последнее, что я хотела знать. Теперь еще это: «Маша».

— Маша хочет познакомиться с тобой.

— Перехочет.

— Ты груба, и, скорее всего, чуть позже тебе станет стыдно.

— Я хотя бы не сплю со своими пациентками, Вера.

— Я с ними тоже не сплю, Женя.

— Пока.

— Пока.

Мой белый

Я повесила трубку и разревелась. А что, так можно было? Просто завести роман. Идти домой ужасно не хотелось. Я села на лавку и стала думать, что делать дальше. Сейчас я хотела бы оказаться только в одном месте, и я решилась. Наверное, от злости. Это еще один двигатель прогресса и вдохновения — как любовь. Я открыла чат и написала Лене: «Привет, может, встретимся и попробуем еще один вариант припева? У меня есть мысли». Он какое-то время не отвечал, и я уже собралась исчезнуть в метро, как вдруг телефон завибрировал. Трясущимися руками я вытащила его из кармана: «Это как дополнительное занятие?)) Ладно, забегай ко мне, есть все, что нужно».

Все во мне запело и засверкало, руки пошли мелкой дрожью, а рот растянулся в улыбке. Я побежала по бульвару и даже не ощущала, как скользят ботинки — я летела, сначала невысоко, над скамейками, а потом над деревьями, крышами, пробками, отблесками фонарей. Маленькие снежинки острыми уголками бились о мои щеки с характерным звуком рассыпающегося зерна.

Снежинки на 95% состоят из воздуха. Я знаю о снеге все.

Так здорово было лететь к тебе.

Презервативы я, конечно, так и не купила.

Глава 24
БОЛЬШЕ ОЖИДАНИЙ

Так странно было сидеть с ним рядом на диване, запоминать мельчайшие детали: какой рисунок на обоях, какая футболка на стуле, какое постельное белье; какие книжки стоят в шкафу, какой вид из окна, какие плакаты на стенах. А мыло в ванной — нужно запомнить запах, купить такое же? А какое у него полотенце?

Леня сделал чай, и мы переместились к нему в комнату, я все ждала, когда же он начнет приставать ко мне, и даже села так близко, как только могла, но Леня упорно мучил свою гитару, пытаясь осмыслить мой сбивчивый монолог, который я сочинила по пути сюда.

Я могла бы просто сказать: я люблю тебя. Могла бы глубоко вдохнуть, как на флюорографии, задержать дыхание, зажмуриться и поцеловать его. Могла бы взять его за руку и сказать, какие прекрасные у него руки. Могла бы снять футболку и сказать, как чеховская героиня: если тебе нужна моя жизнь, возьми ее.

Но я ничего этого не делала. Наконец ключ в двери провернулся на два оборота, и в коридоре послышались шаги. Сначала тихие, потом все ближе: что-то неведомое шло спасать меня от моих терзаний.

– О, это ба, – коротко сказал Леня.

– Хорошо, что мы одеты, – пошутила я, и Леня вежливо хохотнул.

Бабушка вошла в комнату и оказалась нестарой, красиво одетой и с благородным лицом.

– Здравствуйте, – сказала она мне. – Лень, ты чего девушку в застенках держишь? Пойдемте на кухню чай пить – я пирожные купила. Шла из филармонии, по пути пекарню встретила.

– Сейчас, – сказал Леня и кивнул мне. – Ты иди, а я запишу этот кусок и приду. А то потеряется потом.

На кухне бабушка расставляла красивые фарфоровые чашки.

– Вы извините, что вам пришлось на полу сидеть, Леня не очень умеет красиво на стол накрывать, –

сказала она, выкладывая варенье в вазочку. — Мать его не научила, слишком редко тут бывает, а отца у него и вовсе нет.

Я растерялась и не знала что сказать.

— Да вы не пугайтесь, — продолжала бабушка. — Есть я и вроде он неплохим вырос-то?

— Очень хорошим, — тихо сказала я, и бабушка засмеялась.

— Ну и славно. А у вас кто родители?

— У меня мама художница, — тут я запнулась и хотела поставить жирную точку, но по привычке вышла какая-то запятая.

— И врач. Но они в разводе.

— Как интересно! А ваш отец врач какой специализации?

А вдруг мы поженимся и на свадьбе все вскроется? Я не умела врать, поэтому начала густо краснеть. Почему у меня все не как у людей?

— У меня нет отца, — сказала я. — У меня две матери. Одна художница, другая — гинеколог. Возникла пауза, я слышала, как звенит пружинка в лампочке. Холодильник тяжело вздохнул и загудел. Бабушка взяла прихваткой заварочный чайник.

— Понятно, — сказала бабушка. — Что ж, двое лучше, чем никого, как бы там ни было.

Я кивнула, уронив глаза в пол.

Тут на кухню вошел Леня.

— Чай свежий заварила, — сказала бабушка. — Садись. Мы тут с девушкой твоей поболтали немного.

— Она не моя девушка, — сказал Леня, выбирая в коробке эклер. — А моя, можно сказать, самая способная ученица. Да ведь, Женьк?

Лучше бы потолок сейчас упал мне прямо на голову.

Лучше бы цунами смыло меня в океан.

Лучше бы пол пошел трещинами и я провалилась к соседям на разогретую сковородку.

Три тысячи чертей выломали дверь в мой стеклянный зверинец.

— Да, — сказала я.

Покорность — мое лучшее качество.

Глава 25

СТАРЫЙ НОВЫЙ ГОД

На часах три часа ночи, и я снова онлайн. Сижу на кухне в трусах и майке, проверяю, онлайн ли Леня. Но нет, он спит.

Как будто нет других вариантов. Но о них я думать не хочу.

Сегодня мы с Алей напились. Она стащила у отца из бара водку, и мы мешали ее то с колой, то с вишневым соком. Потом меня тошнило.

Мама в мастерской — у нее скоро выставка.

Вере я отзвонилась, пока еще трезвая была. У меня все продумано.

Передо мной стакан выдохшейся минералки, во мне — сердцебиение, несколько слоеных обид и жалость к себе. Еще во мне картошка «Айдахо» и непонимание. Еще во мне — отчуждение и слабость. Еще во мне — слова.

Море слов.

Мой белый

Знаете ли вы, что более 60% людей на Земле живут в 20 минутах ходьбы от большой воды?

— Что будет потом? — кричу я Але, которая пытается заснуть в моей комнате. — Когда я признаюсь.

— Море, — отзывается Аля. — Это красиво.

Море слез? Море тепла? Море грусти? Море безумия?

Море безразличия.

«Это он мокрый от слез».

Новый год все же очень близко. С кем он проведет новогоднюю ночь?

Снова вспоминаю вчерашний вечер и его слова.

Кто забыл, что ему не ответят взаимностью? Кто боится признаться в этом себе? Кто думает, что достоин любви?

Я.

«Вы самое слабое звено, прощайте».

Говорят, вода успокаивает. Если вам плохо — выпейте воды, — так написано в глянцевых журналах из приемной Веры.

Если нервничаете — выпейте воды.

Если вас предали — выпейте воды.

Если вас не любят — выпейте воды.

Если у вас нет воды — убейте себя.

Я иду в комнату и по пути подцепляю с полки

книжку в твердом переплете. В темноте я не вижу, что это, но у нее тканевый корешок с зазубринами букв. В детстве у нас с Алей была игра: мы открывали случайную книгу на случайной странице и рассказывали друг другу истории, которых никогда не было. Мы сочиняли их на ходу, делая вид, что читаем об этом в книжке, которая никогда не была нам интереснее, чем мы сами, создающие мир.

— Почитать тебе? — спросила я, усевшись возле кровати.

— Поспать ты мне не дашь, так что валяй, — согласилась она.

— Слушай. «Главный герой, пусть его зовут Жан Монье, 34-летний менеджер по продажам мелкой бытовой техники, сидит в своей съемной хате на 15-м этаже многоквартирного дома на окраине Фарго».

— Похудожественнее давай! — вставляет Аля и поднимается, чтобы покурить.

— «Его девушка бросила его ради богатого маклера из Нью-Йорка, потому что тот купил ей «Лабутены» и охуительные штаны, а также повез на выставку Ван Гога в Амстердам, которая проходила не в музее Ван Гога, а в пластиковом шалмане и была ее виртуализированной проекцией».

— Постмодерн! — комментирует Аля.

— «Жан Монье, имея французские корни, предавался известной французской рефлексии, не хотел работать, искал себя и ходил на курсы коучеров-эзотериков».

Аля смеется, а я продолжаю:

— «Однажды, блуждая в бессоннице по просторам Фейсбука, Жан наткнулся на таргетированный рекламный блок, который обещал ему избавление от всего гнетущего и счастье в новом дне. Жан решил, что лучше выключит компьютер и немного посмотрит порно. Он уже придвинул салфетки поближе к дивану, и тут увидел, что с салфеток на него смотрит красивая милая девушка, и внезапно осознал, как одинок».

— Пощади! — Аля хрюкала от смеха.

— «Тогда Жан снова открыл крышку ноутбука в надежде, что рекламный блок еще не смыло десятками статусов его воображаемых друзей. Реклама никуда не делась. В сообщении говорилось, что где-то, не то в России, не то в Украине, в общем, на берегу Черного моря, открыли отель под названием «Мартек». Ходили слухи, что много лет назад туда приезжали пионеры из всех возможных стран, а однажды там появился маньяк с горном, который по ночам выходил из леса и выл волком. Несмотря на такое сомнительное прошлое, сегодня «Мартек» предлагал спа-процедуры, полное избавление от геморроя, индивидуальные программы для похудания, бар, бильярд, боулинг и все такое. Причем бесплатно. Создатели «Мартека» взамен за свои многочисленные услуги просили только одно — душу Жана Монье или любого другого постояльца».

— Я б поехала, — шепчет Аля.

— «У меня и так уже нет никакой души и ничего за душой», — прикинул Жан и начал собирать рюкзак «РедФокс». Он взял ноут, айфон, зарядное устройство, портативное зарядное устройство, дополнительную батарею для зарядного устройства, переходник для международных розеток...»

— Ты издеваешься?

— Ладно! «Пять одноразовых станков «Жиллет», две майки, три пары трусов, утепленную жилетку «Юникло» и клетчатую рубашку на случай какой-нибудь важной встречи. В Крыму оказалось тепло и влажно, и, хотя был некупальный сезон, многие сидели по одному или по двое на лежаках и пытались сфотографировать на телефон ускользающий за розовую линию горизонта закат».

— Тонко про Крым. До сих пор ты называла его как-то изящнее.

— «В «Мартеке» было оживленно: люди в халатах спускались и поднимались на лифте в залы для массажа и фитнеса, а дамы в вечерних платьях спешили в панорамный ресторан на крыше. Сегодня там был концерт Адель. Жан Монье заметил в толпе русскую певицу Валерию и бывшего олигарха Ходорковского. И Клару Кирби-Шоу, которая представилась ему, когда заметила его долгий и полный безумия взгляд».

— Нормальная туса.

— «Клара Кирби-Шоу оказалась разочарованной лесбиянкой с тремя кошками и квартирой на Манхэттене. Ее богатая подруга — миллионерша и владелица сети салонов красоты «Тонкие ножки» бросила ее после того, как узнала, что Кирби ходит на собрания анонимных алкоголиков. Клара както сразу согласилась купить у Жана утюг и микроволновую печь с грилем, а также оценила его потрепанный кардиган, который в былые (и лучшие) времена был куплен в торговом центре «Лафайет» во время рабочей командировки на конференцию «Холодные звонки, горячие продажи» в Париже».

— Наворотила чего-то, но допустим.

— «Теперь я не люблю женщин, — заявила разочарованная Клара. — Впрочем, и мужчин я тоже не люблю, еще не люблю собак, кошек и вообще — этой планете я поставила бы ноль».

— Ты цитируешь Литвинову?

– Да. «Я влюблен», – тут же решил Жан. «Пойдемте завтра в боулинг, шары погоняем», – предложил он ей. «Если только вы не будете ко мне подкатывать свои шары», – игриво сказала Кирби и тут же обновила статус в своем Фейсбуке. «Я люблю тебя не за то, кто ты, а за то, кто я, когда я с тобой», – написала Кирби».

– Голожопая философша.

– «Жан повесил фотку: Клара на фоне моря, волосы развеваются под шапкой. «На небесах только и разговоров, что о море», – написал под фоткой Жан. После ресторана и боулинга немного отдохнули в джакузи. «Хотите я расскажу вам устройство шланга этой кофеварки», – спросил Жан, глядя на кофеварку капсульного типа, стоящую в баре бассейна. «Лучше поцелуй меня», – сказала Кирби, срывая с себя белое полотенце, пахнущее кондиционером «Зимняя свежесть».

– Помнишь, мы однажды нашли на твоих антресолях какой-то любовный роман, где член называли сапфировым жезлом? Вот же прикол.

– Помню, как такое забыть. Но слушай дальше. «После горячих событий в джакузи Жан твердо решил жениться и вообще во всем был тверд. Неслабой такой походкой он шел по рецепции отеля «Мартек» и вел за руку свою Клару, напевая песню

Адель «Хэллоу», которая набрала 220 миллиардов просмотров на Ютубе. «Мистер Монье», — закричал ему вслед метрдотель Берстекер. «Должен вам сказать, что вы неплохо продвигаетесь в лечении своей депрессии».

— Если они у тебя дальше поженятся, я разочаруюсь.

— Не гони. «Да, Гарри, я совершенно счастлив!» — подтвердил Жан. «Моя Надя приехала», — добавил он, хотя и подозревал, что метрдотель, скорее всего, не является утонченным поклонником таких мастеров авторского кино, как Иоселиани, Альмодовар и Рязанов. «Поздравляю вас, — сказал Гарри. — Но, к сожалению, я не могу вам позволить провести сегодняшнюю ночь вместе. По правилам нашего отеля вы должны ночевать в одиночестве или оплатите счет в 368 тысяч российских рублей за обслуживание».

— Ха-ха, но Клара же вроде богата?

— Не перебивай. «Да это же грабеж какой-то!» — вскричал Жан, понимая, что даже при всей деноминации рубля таких денег в пересчете на доллары у него нет. «Вы должны были прочесть это в договоре оказания услуг, когда въезжали сюда», — строго сказал Гарри и для убедительности покосился на охранника со шрамом в пол-лица. «Что же делать нам, любовь моя?» — вопросил Жан, с мольбой глядя на Клару, втайне надеясь, что у нее осталось что-нибудь от миллионов бывшей любовницы. «Хер его знает», – прошелестела Клара.

– Сюжет начинает мне нравиться.

– Я рада. «Жан поднялся в номер совершенно раздавленным. Лег на кровать и начал обдумывать план самоубийства, потом отложил его и стал смотреть билеты на самолет. «Нас не догонят, нас не догонят», – напевал себе под нос хит одной японской группы совершенно оживший Жан. На ресепшен пришел сигнал о попытке забронировать два билета на Антананариву. Гарри захлопал в ладоши. «Ты, Клара, как всегда, великолепно справляешься со своими обязанностями, в этом году жди тринадцатой зарплаты». – «Спасибо, миленький», – сказала Клара, доставая свою золотую банковскую карточку. «Не закажешь мне шлюху в номер?»

– Ну блииин! Она его кинула, что ли?

– Минуту. «Не проблема, детка», – сказал Гарри, набирая номер борделя в Коктебеле. Оставшись один, Гарри набрал номер службы утилизации неудачников. «Номер 113. Забирайте через пару часов и везите в вашу коллекторскую». – «А что, уже готов?» – лениво поинтересовались на том конце. «Ему конец», – подтвердил метрдотель. И вычеркнул из списка фамилию Жана». Все.

— Феерично, — говорит Аля. — Думаю, этот рассказ стоит записать. А теперь я могу поспать?

Аля смотрит на меня с мольбой.

— Ой, ну спи, достала, — я возвращаюсь на кухню вместе с коробкой своих воспоминаний. За окном уже оживают первые окна. Кому-то ведь на работу к пяти утра.

Достала наугад фото: лето, я в шортах и выцветшей майке, на которой написано «Ну и ну», в моей руке — теннисная ракетка.

У меня через всю голову проходит титр «август», как будто новости на центральном канале.

Я уже и забыла, как это здорово — перекидывать шарик в августе через рваную ослабленную сетку. Я чувствую, как напрягаются мышцы в каждом миллиметре моей правой руки. Это классно.

Свайп — на другой сюжет. Достаю другое фото, чтобы вспомнить что-нибудь еще.

Я сижу в Парке современной скульптуры, и небо надо мной похоже на простыню — синий шифон.

Передо мной сидит каменный Твардовский, утопает в Яблоневом саду, по ошибке засаженном кленами и жасмином. Вокруг — они застыли, как мошка в слюде, но я их как будто слышу — голоса и шелест детских мелков по брусчатке, скрип велосипедных колес и рапсодия птиц. Слева от меня изломанный железный скрипач, чья музыка — такая же железная — струится над его простреленной головой. За моей спиной — идеально выстриженный под машинку газон. Под ногами — клевер с таким количеством лепестков, что загадывать желания бесполезно.

За конусами деревьев стоят кирпичные фасады элитных домов и крест маленькой церквушки. Город, в котором так много церквей, явно не создан для святых. Здесь у тебя всегда есть шанс раскаяться.

На бронзовом шаре — символе ушедших столетий, на стыке которых встретились мама и Вера, — надпись: «СССР — оплот мира».

На самом деле оплот мира — это любовь. Ты стоишь на земле тем крепче, чем сильнее ты цепляешься за того, кто, быть может, стоит там еще неувереннее. Только тогда все это имеет смысл.

Я пишу, и слова льются из меня и заполняют страницу кириллицей. Это всего лишь буквы алфавита, склеенные между собой.

Следующее фото. Я лежу на кровати и снимаю себя сама с вытянутой руки. Ноги мои в синяках. Хорошо помню этот день в начале прошлой зимы. После уроков мы с Алей и другими одноклассниками отправились на каток. Я хорошо катаюсь, но в этот день — вероятно, он был не мой — три раза упала на ровном месте. Оказалось, лед — это больно и холодно. Оказалось, ровное место — как лед.

Потом я упала еще и на эскалаторе в метро. Аля хохотала. Вечером я пришла домой и отправилась смывать с себя этот ужасно длинный день, в котором вместо воздуха все дышало ожиданием снега, и только это спасало от желания вычеркнуть его из календаря навсегда. Кафель, наверное, больше похож на лед, чем эскалатор. Видимо, поэтому я снова упала и вывихнула руку. За этот день я так привыкла к падениям, что даже не обратила внимания на боль. Поднялась, поправила руку и пошла спать.

Предварительно сделав фото. Странный был день.

За окном — всполохи огней от новогодних елок.

В детстве я очень любила Новый год — это был рубеж, новая жизнь, совершенно священный трепет. Я с трудом дожидалась полуночи, кидалась под елку за подарками, потом распаковывала их с пылким нетерпением под плохую музыку «Голубого огонька».

Однажды в новогоднюю ночь — мы были, кажется, в Петербурге — мама и Вера взяли меня в центр города. Навстречу нам двигалась веселая, разноцветная толпа, люди поздравляли друг друга, рисовали в воздухе яркие золотые дуги бенгальскими огнями, мы тоже смеялись, точнее — мама и Вера.

Я очень хотела купить какой-нибудь сувенир — маску, елочку, хлопушку или символ года (не помню, что это был за символ, допустим, лошадь или крыса). А потом увидела лоток с сердечками. С пластиковыми значками, внутри которых мигала, как заведенная, маленькая красная лампочка.

Мы купили их три и нацепили на куртки.

Мы шли сквозь толпу, в радости, темноте и новой жизни, а наши сердца горели одновременно.

Я просеяла коробку и нашла это фото: мы стоим втроем, улыбаемся, кто-то снимает нас, наверное, незнакомец — сделал кадр, поздравил с Новым годом, подмигнул и исчез навсегда за поворотом.

Глава 26

КАК ЭТО СДЕЛАНО?

Много лет подряд я думала о том, как бы сложилась наша жизнь, если бы мама не изменила Вере. Наверное, мы бы уехали жить за границу. И я бы никогда не встретила Леню. Когда я была маленькой, они постоянно хотели уехать куда-то жить, но, благо, просто не успели договориться.

Получается, что моя встреча с Леней — история одной измены. Одной ошибки длиной в восемь лет.

Кем вообще был этот мужчина? Откуда он взялся в нашей жизни? Почему Вера это упустила? Была на работе? Слишком много времени отдавала работе?

— Вера, как это случилось? — спросила я ее однажды посреди ужина в маленьком ресторанчике, куда мы заехали после школы. Снега все еще не было. С моих ботинок стекала грязная вода.

— Ты же знаешь, — сказала Вера, выискивая вилкой в рыбном филе невидимые косточки. — Я пришла домой, а мама не одна.

— Нет, я спрашиваю, как так получилось, что мама была не одна? Что она вообще пошла на это? Это же не очень на нее похоже.

— Иногда люди делают не свойственные им вещи. А потом оказывается, что все это лишь вопрос времени.

— Ты же знаешь, что это была ошибка.

– Ошибкой можно назвать что угодно, но за людей говорят их поступки.

– То есть ты не допускаешь, что человек может просто глупо ошибиться?

– Женя, дорогая, я врач. Я не допускаю, что человек может ошибиться. Ошибки врача могут стоить человеку жизни, как говорили в одном известном фильме, который мы скоро будем смотреть под оливье.

– Но ведь мама не врач.

– И это слава богу!

Разговоры об этом с ними обеими всякий раз заходили в тупик.

Мне хотелось к Лене, хотелось снега, все раздражало. Тогда я решила поехать за подарками и попросила Веру высадить меня у большого торгового центра. Я не знала, куда идти. Вокруг сновали счастливые парочки – они смеялись, путались в пакетах, их тележки были нагружены и перегружены, с них свисали кричащие дети и огромные коробки, в глазах рябило от «дождика» и огней. Если и есть на свете место хуже для одинокой души, то это оно. Я пошла в ювелирный и купила кулон-сердечко с двумя половинками: это когда разделяешь его, одну половинку оставляешь себе, а другую кому-то даришь. Я подумала, что подарю одну половинку Лене на память, даже если он мне просто друг, у друзей ведь тоже есть память. Потом я еще подумала и купила Лене носки с принтом птички из «Простоквашино», которая все время спрашивала «кто там?».

Кто там? Это я, все время думаю о тебе.

Кто там? Это я, покупаю тебе дурацкие подарки, потому что не могу иначе – мне нужно куда-то вылить свою любовь, опрокинуть, рассыпать, чтобы хоть немного легче было идти.

Кто там? Это я, твой друг, твоя ученица, твой случайный партнер по сцене, твой буксир, твой помощник, твой комнатный цветок, твой свидетель, твой биограф, твой единственный настоящий автор и твое лучшее же произведение.

Потому что все, что я знаю о тебе, – моих рук дело.

Я тебя придумала.

Наполнила тебя всем, а теперь рассматриваю: хорошо ли это сделано?

Хорошо.

Ты сделан лучше всех.

Вот тебе носки и половина сердца.

Единственное, чего я не могу понять: если Вера сама «сделала» маму, а мама — Веру, как так получилось, что они оказались недовольны своими творениями?

Глава 27

ВСЕГДА МЕЧТАЙ

Меня всегда учили верить в настоящее.

Ну типа: я рано узнала, что Деда Мороза не существует, потому что услышала, как он обсуждает с мамой какой-то квартирник, пока я, доверчивая душа, бежала в комнату за игрушками, которые он попросил меня принести. Сценку я отыграла и себя не выдала, но перед сном попросила маму сказать мне правду. Она сказала, что этот — конкретный — конечно, актер, ее друг, но есть и настоящий, далеко на Севере.

Я сказала:

— Мама, но я же знаю, что мои письма каждый год никому не уходят.

— Как это? — искренне удивилась мама, как будто она и правда верила в то, что Дед Мороз существует.

— Ну ведь я ни разу не писала на конверте адрес, и я знаю, что ты купила эти подарки, ты и Вера.

Мама еще посопротивлялась, а потом сдалась. Она учила меня всегда говорить правду.

Вера, врач доказательной медицины, учила меня верить только тому, что доказано, исследовано и подтверждено.

Но это не помешало мне видеть волшебное там, где никто не искал. Миккеле, моя первая любовь, в лагере у озера сказал мне, что стоит загадать желание, когда первый раз за лето заходишь в воду. Я поверила, потому что невозможно не верить, когда любишь, и, заходя в холодную воду, зажмурилась и нырнула, потому что знала, что это мой единственный, последний и самый правильный шанс — помочь моему желанию исполниться. Я попросила, чтобы мама и Вера снова начали жить вместе. Желание не сбылось, но я подумала, что просто сделала что-то не так. О том, как правильно загадывать желания, инструкций нет. Так что я пробовала это еще и еще, еще и еще, а потом решила, что ладно вода, но есть же снег.

Главное желание в первый снег — разве может это не сработать?

Я пробовала этот фокус несколько лет подряд, и каждый раз получалось. Может быть, конечно, у меня с тех пор желания стали проще, но кто мог бы со мной поспорить? Я хотела поцеловать Леню и ждала снега, а снега все не было и не было.

Я все так же приходила на репетиции, и мы садились рядом, он что-то говорил, объяснял, а я не слушала, не понимала, будто он говорит на неведомом языке, потому что мне хотелось только одного: чтобы он до меня дотронулся. Я в мельчайших подробностях рассматривала его руки, пальцы, колени и шею. Мне страшно нравилось изучать его затылок, представляя, как здорово было бы обнять его ладонями за шею. Я думала о том, как весело было бы запрыгнуть ему на холку и как он обхватил бы мои ноги, прижав их к себе. Я думала о родинке на ключице, видимой через треугольный вырез футболки, о выцветшей татуировке с бумажным корабликом, которую хотелось накрыть рукой, а потом смотреть на нее сквозь пальцы, как в замочную скважину.

Я прожигала глазами бледные вены на его висках, я дышала рядом с ним, как собака на охоте — часто и глубоко, чтобы запомнить, набрать побольше ше в легкие, запастись его запахом, который тут же вызывал у меня асфиксию и цунами в области живота и ниже, – и мне хотелось воткнуть себе нож в живот, чтобы только избавиться от этого зудящего ощущения.

Я думала об этом и сгорала со стыда, представляя, как он меня обнимает, сжимает, просто держит за руку. Как он снимает с меня одежду, или, что уж там, – я сама снимаю свою одежду и встаю перед ним. И он говорит мне: ты совершенна.

Хотя я совсем не совершенна, даже близко.

Хотелось бы просто взять его за руку. Ощутить, как впиваются в кожу его массивные грубые кольца или стучат о мое колечко, которое Вера подарила мне на 15 лет.

Она сказала тогда: носи его, и все будет хорошо. Кольцо мне не очень понравилось, но я его ношу – я привыкла верить всему, что говорит Вера. Потому что я не помню, чтобы она хоть раз соврала мне.

Так вот – его руки. Как мне хотелось в них!

Ночью, в постели, я сама брала себя за руку, сама вела себя сквозь одеяло, майку и зловещую тишину, сама задыхалась в ватных сумерках и открыла то, ради чего все так стараются: я трогала себя так, как мне хотелось, чтобы он меня трогал, а точнее — так мне хотелось бы трогать его, — я научилась делать это молча и по-солдатски быстро, будто бы датчик движения мог уловить мою руку под одеялом и вызвать полицию нравов. Я крепко зажмуривалась, так что перед глазами мерцали желтые стереокруги, потом высвобождала его из себя, выталкивала, сердце мое билось, как мотылек о стекло, а я коротко выдыхала, потом открывала глаза, из которых тут же лились слезы отчаяния: нет, это был не он. Снова не он. Нет, глупое тело, я снова тебя обманула.

За эти полтора месяца он лишь один-единственный раз меня обнял. Это был порыв, случайное движение, как будто он мне наконец подчинился. Я твердила про себя: обними меня, обними меня, обними меня, и он, повинившись, коротко и быстро прижался ко мне, прощаясь после удачной репетиции, у меня подкосились ноги, и я повисла в воздухе, как пальто на крючке. Он этого, конечно же, не заметил. На мгновение его ладони соединились на моей спине, он ошеломительно пах своим сандалом и сигаретами, вечность прошла прежде, чем я смогла распрямиться и выдохнуть.

«Ты навсегда, — кричал мой внутренний голос. — Ты навсегда! Ты навсегда».

Он вышел в двери актового зала и исчез, а я осела на рассыпавшийся паркет, на стертые елочки, и, как после бессмысленного и болезненного оргазма, зарыдала из последних сил.

Хотя что тут такого страшного, если подумать?

Это всего лишь на всю жизнь.

Глава 28

НАЗАД В БУДУЩЕЕ

Воскресенье пришло, и Вера, стало быть, собралась на встречу с Красными Колготками по имени Маша. Более идиотское имя выдумать сложно.

Маша, только что окончившая интернатуру медицинского факультета, тянулась к знаниям и опытным врачам, так что их первым лобовым столкновением с Верой стало обсуждение последствий коронавируса и влияния вакцины на плод.

Чудесная тема для тиндера, для бара — не менее замечательная.

Так или иначе, в воскресенье — после первого свидания и букета цветов с доставкой в кабинет — Маша решила больше не поднимать профессиональных вопросов. Куда больше ее интересовало, какова Вера без одежды. До этого момента стоило дожить и продержаться, а пока они шли на ужин. Маша нервничала и не могла попасть рукой в рукав прозрачной рубашки, а Вера сидела дома на идеально убранной (на всякий случай) постели и думала о том, правильно ли она поступает.

Нет ничего страшного в том, чтобы пойти на свидание, думала она. В конце концов, я не обязана хоронить себя в 45 только потому, что моя взрослая дочь считает, что я стара для тиндера и секса. Но, боже мой, я точно стара для тиндера. А для секса?

И потом.

И потом, продолжала размышлять Вера, какой я была в 22? Наверное, такой же.

Жадной до впечатлений и жаждущей срочного расставания с иллюзиями. Разве мне не было 22? До встречи с Сашей я уже получила кое-какой опыт. И уж точно могу сказать, что я лучше, чем та женщина, с которой это случилось у меня. Пусть даже мне столько же лет. Ну или почти столько же. Как минимум у меня нет мужа.

Стоп, Вера, расскажи мне.

Хорошо, Вера, я тебе расскажу. Вспомню все, как было и сделаю с Машей все по-другому. Например, не сделаю ничего.

Так что там случилось, Вера? Почему ты боишься рассказать мне?

Я не боюсь. Я уже рассказывала Саше. В самом начале, у нее тогда все еще был жених. Впрочем, он быстро исчез за поворотом времени, но в тот момент еще был. И вот мы сидим в ресторане грузинской кухни. Я не могу смотреть, как она ест, не могу есть сама. Она очень красиво ест, на ее щеках – ямочки. Ее руки очень нежные и сильные одновременно. Я не могу объяснить. Это как предвкушать, что человек идеальный любовник, ориентируясь по тому, как он пишет карандашом. Нажим.

Грифель. Почерк. Подпись.

Саша рассказывает мне про свое бледное ленинградское детство, про свое загорелое лето, про сочные чебуреки. Саша рассказывает и закусывает хачапури.

– Мы приезжали в Гагру летом и по особенным праздникам шли в ресторан, – говорит она.

— У нас была бедная семья, и все, что мы могли себе позволить — хачапури без яйца, — говорит она, откусывая кусок сочной булки в горячем сыре.

— Мы никогда не ели там шашлыков, — говорит она и упирается вилкой в хачапури, яйцо растекается и заполняет тарелку желтым.

За окном пробивается неуверенное солнце, на улице странное холодное лето, так что мы в пледах. Капли вяло падают и мягко разбиваются об асфальт. Звонит Сашин парень и напрашивается поужинать с нами. Саша зовет официанта с огромными ресницами:

— Сейчас придет наш друг, — говорит она темным мигающим ресницам. — Принесите еще хачапури.

— Да, — говорят ресницы и удаляются.

— Боже, — говорю я и начинаю смеяться.

— Что случилось? — спрашивает Саша. — Ну что ты ржешь?

Я качаюсь на стуле и закрываю лицо руками. Этот смех — как рыдания.

— Наш друг? — в исступлении спрашиваю я. — Это просто невероятно.

— Ну а что, — пожимает плечами она. — Ну, а что, мне нужно было сказать «наш парень»?

Мой белый

Наш парень. Это мы уже проходили. Потому что до этого случилось вот что. Это случилось за три года до моей встречи с Сашей. И я рассказала ей.

Рассказала ей о том, как начинаются все эти истории. Как случается то, что называется страстью. Развратом. Неправильной любовью.

Хотите, я расскажу, на что вы на самом деле способны?

Хотите, я расскажу, чем это заканчивается?

Вам точно есть 18 лет?

Ладно.

Эта женщина... Она обычно красива и осторожна. Она обычно врет мужу, да и вам — врет. Она обычно отчаянно смела ночью и забывчива в обществе мужчин. Она неизменно горька на вкус и сладка на запахи — у нее самые лучшие в городе духи и самые дорогие спальни. Она старше вас лет на двадцать и опытнее на все постели, кроме вашей собственной.

Она тонко улыбается, жадно дышит, коварно соблазняет и смеется в ответ на каждое ваше слово, пока вы не окажетесь вдвоем в двухэтажном пентхаусе на окраине. Ее зовут Анжела, или ее зовут Ирма, или ее зовут Джуди, в любом случае у нее прибалтийский акцент, синий BMW седан, обручальное кольцо на правой руке, и сегодня она станет вашей первой любовницей.

Покажите ваш паспорт.
Ах, вам все еще 18 лет.
Ну, вам же было 18 лет?

Вы плачете на троллейбусных остановках. Вы еще не привыкли к предательствам. И так хочется какой-нибудь запрещенной любви, чтобы потом рассказать подружкам. Вы хотите эту дорогую женщину, как новую, редкую игрушку, которая до сих пор была вам не по зубам. Вам недоступно. Не нужно думать, отчего все так случилось — вы сами выбрали этот путь.

Это классика жанра.

Вы пропали в тот момент, когда она улыбнулась, смерила взглядом, повела плечом, закинула ногу на ногу и спросила: поедем? В тот самый момент было уже поздно.

Ты помнишь, Вера. Ветер кусал летние пятки окон. Они бились друг о друга с грохотом парижских лавок. Часы вызубренно отбили четыре пополудни. Дети во дворе играли в футбол: мяч то и дело звонко ударялся в створки ворот.

Она стоит на расстоянии в несколько издевательских сантиметров и говорит, делая акцент на каждой оголенной букве: раздевайся.

Она говорит: научи меня чувствовать, ты сможешь, я знаю. Она просит, и я готова на все: вывернуть ее наизнанку, если понадобится, только бы выиграть бой: я такая...

Ты такая способная, выдыхает она.

Я целую ее так, будто делала это миллион раз.

Ты уверена, что делаешь это впервые, спрашивает она.

Ты уверена, что ты не умела этого раньше, задыхается она.

Ты уверена, что у тебя до меня не было женщин, кричит она, вырываясь из моих рук.

Она что, думает, я полоумная? Она думает, у меня амнезия. Она считает, у меня склероз. Она кончает.

На самом деле это просто.

Когда ты имеешь власть над кем-то, ты не можешь остановиться.

Когда кто-то имеет власть над тобой, ты не можешь остановиться.

Пока кто-нибудь не заставит тебя это сделать.

— Ты трахаешь мою жену, — однажды все равно приходит муж. Муж появляется так или иначе. Второстепенный герой.

— И что мне сделать с тобой? — интересуется он и подходит ближе.

Я молчу. И делаю шаг назад. Квартира двухэтажная. Сзади — лестница.

Он бьет меня по лицу.

Шаг назад.

Мой белый

Нет, кажется, в этой квартире все-таки три этажа. Еще одна лестница — ведет наверх, в спальню.

Он бьет меня по рукам, я, как могу, закрываю ими лицо.

Шаг назад. Я плачу.

Остановись, говорит она.

Удар.

Пожалуйста, прекрати, просит она.

Удар.

Шаг назад. Лестница. Я знаю, у него были причины. Я могу его понять.

Удар в живот.

Я не хочу его понимать.

Я люблю ее, кричит она.

Шаг назад. Я падаю с лестницы.

Она сидит на верхней ступеньке и плачет.

Мои руки в ссадинах — я пыталась поймать перила.

Он спускается вниз. И подходит ко мне. Одним рывком разрывает ремень на моих джинсах.

Может быть, хватит, интересуется она.

Может быть, ты прекратишь, спрашивает она.

Может быть, ты ее отпустишь, просит она.

Вот так. Не вставая с верхней ступеньки.

Он рвет на мне одежду.

И берет меня со всей своей обидой, злостью, ненавистью.

Ну что же.

Секс — это самое примитивное из желаний.

Послушай, говорит она.

Прекрати, говорит она.

Пожалуйста, говорит она.

Ну да: почему бы нам просто не поболтать? А я смотрю наверх. Там стеклянный потолок, и в нем — небо. Я так мечтала, что однажды проснусь с ней, а по стеклу бьет дождь. Ходит голубь. Светит солнце.

Сейчас там темно.

Я ухожу с ней, говорит она.

Мне кажется, она даже переоделась. И, конечно, накрасила губы.

Хорошо, говорит он, отпуская меня. Уходите к черту.

И мы уходим.

На улице дождь. Я думаю: он ведь бьет по стеклу сейчас, этот дождь. Как я хотела.

Ну, как ты, спрашивает она.

Да ничего, говорю я.

Мы ловим машину, хотя нам совершенно некуда ехать.

И мы едем в отель: мансарда, белоснежная постель, золотые запонки у портье, одиннадцать тысяч — ночь. Я очень дорогая блядь. Вам недоступно.

Все будет хорошо, обещает она, я тебя зацелую.

Она думает, этого хватит.

Она думает, это как отойти от похмелья.

Она думает, любовь — это то же изнасилование.

Она думает, что секс с ее мужем не самое страшное из событий.

Она спрашивает: да ведь?

И я говорю: да.

Так вот это было со мной, и я ни с кем так больше не поступлю.

Так думает Вера, сидя на идеально заправленный кровати.

Потом берет телефон и пишет: «Маша, милая, прости, совершенно забыла, что сегодня у меня внеплановое дежурство. Давай в другой раз?»

Например, через 20 лет. 20 лет тебя устроит?

Глава 29

НЕТ

20 лет меня не устроит, наверняка сказала бы Маша, но написала она другое. Она написала: «Наверное, тебя смущает разница в возрасте? Дай мне шанс».

В эту минуту ее охватило жуткое желание стать злой и противной. И добиться своего. Диагноз она поставила верный. Наверное, будет хорошим врачом.

Вера слаба, а соблазн велик, и она согласилась на встречу. «Обсудим новинки фармакологии», — пишет Вера то ли в шутку, то ли серьезно, но защищаясь. Как бы то ни было, знакомый доктор гештальта Костя утверждает, что за каждым действием человека кроется сексуальный подтекст. «Ни одной дружбы, ни одного сотрудничества не может состояться без взаимного сексуального влечения, — сказал как-то он, опираясь на теорию бисексуальности юного самоубийцы Отто. — Ну, только это происходит там, в подсознании».

Встретившись возле клиники, поехали в кафе на обед. На часах — одиннадцать, до ланча еще далеко, а для завтрака поздно. Маша всю дорогу маячила на границе с хамством, Вера отбивалась, а потом устала. В кафе вошли молча.

Да и кафе выбрали какое-то дурацкое, несовременное, безлюдное, со шведским столом.

Затем.

Вера и Маша садятся за столик, заставленный тарелками с супами, салатами и основными блюдами. Никто из них не голоден. И обе злы.

— Если хочешь переспать со мной, давай переспим, — говорит вдруг Вера тоном, которым обычно желают приятного аппетита.

— Ну что ты... Я же не животное, — тихо мямлит Маша, глядя на фрикадельку и внезапно растеряв всю свою злость.

Конечно: мы всегда хотим показаться лучше, чем есть на самом деле.

— А чего конкретно ты от меня хочешь? — интересуется Вера тоном, которым обычно спрашивают у официанта, какой сегодня суп дня.

Маша пожимает плечами, чувствуя, как по спине стекает кипяток. Люди вокруг — переводные картинки, в уши врезается музыка, во все горло кричит посуда. Санитары из общества чистых тарелок рвут ей руки, связывая их рукавами.

— Это ты всем предлагаешь? — спрашивает Маша, чтобы соскочить.

Конечно: нам крайне важно чувствовать свою исключительность.

— Только тем, кто мне нравится, — говорит Вера, аккуратно отрезая ножичком кусочек отбивной.

— А что ты делаешь обычно с теми, кто тебе нравится?

— Сплю с ними, — говорит Вера, разводя руками как бы «я что-то непонятное говорю?».

— Принесите счет, — обращается она к официанту, не меняя тональности.

— Итак, — говорит она тоном, которым обычно спрашивают «сколько оставим на чай?». — Вот я скажу тебе: делай со мной что хочешь. И что ты будешь со мной делать?

Просто представим.

Маша думает: я тебя убью. Но молчит.

Они выходят и садятся в машину. У Маши все еще дрожат руки. Стоит признаться: она переоценила свои возможности. А Вера переиграла жестокость. Обе смущены.

Маша смотрит в окно через темные очки и пытается поймать хоть что-нибудь, на что можно быстро отвлечься. В тот момент, когда она наконец замечает на ступеньках «Макдоналдса» женщину, поющую песню «Мы желаем счастья вам» под аккомпанемент магнитофона на коленях, Вера перегибается через коробку передач и целует ее в деревянные губы.

— Нет, девочка, — говорит она и смеется. — Ничего ты со мной не сделаешь.

«Да пошла ты, Вера!» — вроде бы кричит Маша, но на самом деле не произносит ни звука, инстинктивно хватаясь за ручку двери, чтобы открыть ее.

— Выходи, выходи из машины, — одной рукой Вера держит руль, а другой гладит ее по затылку. — Выпрыгивай на полном ходу. У женщин это место такое приятное, совсем не такое, как у мужчин, не замечала?

Глава 30

САМАЯ КРАСИВАЯ

Платье для новогоднего концерта я отправилась выбирать с мамой.

— Ты уже знаешь, что мы ищем? — спросила она.

— Мне бы хотелось быть снежинкой, как в детском саду, — сказала я. — Но только чтобы это была рок-снежинка.

— Чего?

— Ну, я бы хотела длинное белое платье, нашить на него дождик, на голову корону, а внизу лакированные черные «Мартинсы», колготки в сетку, такое. И я хочу покрасить волосы.

— В какой же цвет?

– В синий.

– И нашить на них дождик?

– Ха-ха. Очень смешно.

– Извини. А что тогда?

– Ничего. Я поставлю их дыбом. Они будут торчать из белой короны.

– Сногсшибательно.

– Тебе смешно.

– Я не смеюсь, это в самом деле здорово придумано. Прямо акционизм.

– Просто хочу, чтобы он меня запомнил.

– О, тебя запомнит вся школа!

– Очень на это надеюсь.

Потом мы стали искать это платье. Ходили из отдела в отдел, и все мне казалось недостаточно подходящим. Все, потому что я смотрела на вещи с позиции Великой Миссии. Или Больших Надежд. Иными словами, я смотрела на платья, а видела это: как я выхожу на пыльную темную сцену, луч света на меня, и в нем горит, сияет мое белое, подвенечное платье, а волосы кажутся каменными и тянутся вверх. Я как бы взлетаю. А он смотрит на меня, и колки бликуют, и свет касается его пальцев. Он трогает струны, и все заполняет звук. Звук почти не помещается в зале, выходит за рамки, распирает стены...

— Может быть, это? — мама держала в руках ослепительно белый кусок ткани. Я взяла это платье, подняла его перед собой, и оно стекло вниз волной.

— Померю, — с надеждой сказала я, не веря, что оно может мне подойти — все, что хорошо в руках или на манекене, совершенно необязательно так же смотрится на тебе.

Скорее наоборот.

Я пошла в кабинку и несколько минут постояла, глядя на свое отражение. Все же красота мне при раздаче не досталась. Может, и не стоит так напрягаться из-за платья? Я дунула на челку, и она красиво подлетела и упала обратно на правый глаз.

Иногда у меня получается быть похожей на рок-звезду с плаката, но фотографии это не передают: только зеркало, только определенный свет, только надежда.

Мама заглянула за шторку:

— Ну чего?

— А, сейчас.

Я очнулась и стала снимать все свои сто одежек, чтобы напялить волшебное платье. Платье село на меня как влитое. В нем было все: и прохлада, и мягкость, и совершенные формы. У меня — у которой никогда и не было никаких форм. Я сделала селфи, боясь, что это уйдет.

В просвете шторки опять появилось мамино лицо.

— Вау, — сказала она. — Надо брать.

Я отправила селфи Але.

Отправила селфи Вере.

Хотела отправить селфи Лене, но испугалась.

Аля прислала кучу смайликов с огнем.

Мы пошли на кассу. Мы и мое новое платье. Оно как будто было полноправным участником и несло себя как королева.

— Ты будешь самой красивой на этом концерте, вот увидишь, — сказала мама, протягивая карточку на кассе.

Оставалось покрасить волосы и найти Гудвина, чтобы он дал мне храбрость.

Пришла смс от Веры. «Ты будешь самой красивой!» — написала она.

Не сомневалась.

Глава 31

ПИСЬМО, КОТОРОЕ НЕ ОБЪЯСНЯЕТ

«Здравствуй. Я завтра улечу на конгресс, так что связи какое-то время не будет. В общем, не отвечай. Я долго не знала, нужно ли вообще это писать. Женя прислала мне твои стихи. Я просто хотела сказать тебе спасибо и еще, что я тебе за многое благодарна. Счастья тебе в новом году. Вера».

Как настоящий трус — написать и сбежать.

Утром получила нагоняй от мамы за то, что отправила Вере письма из мусорного ведра. У Бротигана, американского битника, было такое стихотворение: «Она меня не любит, и я болтаюсь по дому, как швейная машинка, которая уже пристрочила кусок дерьма к крышке мусорного бака». О чем я и сказала маме, пока она замахивалась на меня сковородой.

«Это глупо, сказала мама, просто глупо». А сама улыбается. «Ясно, — сказала я. — Ну извини». А потом мама дала мне почитать это письмо и гордо удалилась в ванную. Думаю, она там прыгала до потолка.

Я не знала, что значит это письмо — что Вера готова ее простить? Все же первое письмо за восемь лет. Или, наоборот, что и это не помогло и Вера ее отпускает. Спросить у Веры я не могла — будь она на конгрессе или нет, она бы ни за что не стала мне объяснять ничего про это письмо — как минимум потому, что оно было не мне.

Были дни, когда мне казалось, что все напрасно. Такой день был и сегодня. Леня не смотрел на меня, не говорил со мной и не отвечал. Я часто думала тогда: стоит ли это того? Я говорила: да ну его к черту! Пошел бы он. Козел. А потом сразу становилось ужасно стыдно, что я так о нем говорила, потому что лучше его не было на всем белом свете, это же очевидно. Наверное, я сама виновата — так я думала. Мне и в голову не приходило, что у него просто могли быть другие дела. Или что он мог вообще обо мне не думать. Это очень плохо укладывается в голову: тот, о ком думаешь ты, может вообще не думать о тебе. Это как же так? Ты же посылаешь ему волны и стрелы, прожигаешь его глазами, постоянно вызываешь у него икоту своими вздохами, а он просто — просто живет своей жизнью. Поразительно.

Вера на конгрессе стояла у микрофона и постоянно смотрела на свой перевернутый телефон. Она знала, что мама напишет ей все равно, даже если ее телефон съели акулы или суд запретил бы ей это делать.

Ждать смс на перевернутый телефон в беззвучном режиме — какой в этом смысл? Не проще ли признаться себе, что это важно?

На кофе-брейке Вера с ужасом взглянула на экран. Так и есть. «Верочка, дорогая, я хотела убить Женю, но потом передумала. Я хочу сказать, что рада получить письмо от тебя. Желаю тебе только одного: будь счастлива всегда. И удачи тебе на конгрессе».

Вера ответила: «Спасибо».

А через минуту получила еще одно сообщение. «Ты мне, кстати, сегодня снилась,— прочла она. — Не расскажу».

Мы с Леней столкнулись на лестнице. Точнее, как? Он шел куда нужно, а я специально выбрала кривой маршрут, согласно его расписанию. Так что это только кажется, что мы столкнулись случайно, на самом деле я все продумала, как настоящий шпион. От радости меня даже затошнило, хорошо, что с утра я ничего не ела.

Он кинул мне свой «привет», хлопнув по плечу, и от плеча вниз побежала волна. Что он этим имеет в виду?

Самое страшное в жизни влюбленного — узнать, что все это ничего не значит. Точнее — значит только то, что есть. «Спасибо» — это просто спасибо, а «привет» — это просто привет.

Но я не теряла надежды.

Глава 32

ВОЗВРАЩЕНИЕ БЛУДНОГО НИКОГО

Я очень ждала возвращения Веры с конгресса, потому что мне казалось, что теперь-то все изменится. Теперь, когда они начали с мамой переписываться. Я надеялась, что это продолжится, что они захотят встретиться и поговорить.

По средам я ездила на английский. Садилась в метро и ехала по кольцу вниз, потом пересаживалась и выходила у Воробьевых. Деревья стояли тощие и голые — как звенящая паутина в хрустале изо льда.

Учительница по английскому, Изольда Марковна, открывала мне дверь профессорской своей квартиры, которая напоминала портал в прошлое столетие, застывший во времени музей, теплую домашнюю библиотеку. Изольда подвигала мне мягкие тапочки, ставила чайник, я падала в кресло, вокруг меня грудились книги.

Между рамами старых окон еще проглядывали из пыльной завесы серебряные нити новогоднего дождика.

Позже, за чашкой чая с чабрецом и блюдечком с вишневым вареньем, Изольда проверяла мое домашнее задание: длинные сочинения с использованием перфект континиуса.

— Женечка, — наконец произносила Изольда. — Джейн. Будьте любезны, расскажите, как прошла ваша неделя.

— Ну, обычно прошла. Было грустно.

— Используйте перфект континиус, пожалуйста.

— Я грустила и надеялась.

— Используйте словарный запас.

— В понедельник я ждала Леню в школе, но он не пришел. Во вторник я ждала Леню, но он все еще был простужен. В среду Леня пришел, но у него не оказалось времени со мной встретиться. В четверг Лени снова не было в школе, а я сидела и думала о том, какой же он красивый. Смотрела бесконечно долго на его аватарку (перфект континиус здесь). И с каждой минутой он казался мне все более красивым. Завтра пятница, и, может быть, мы встретимся с Леней...

– Это будущее.

– Будущее.

– У нас упражнение на перфект континиус.

– Но как же без будущего?

– Джейн, это урок английского, а не философия.

– Тогда давайте представим, что уже суббота?

– Ок.

– В пятницу я ждала его так долго, что, когда он наконец пришел, – я его поцеловала.

– Это хорошая история, Джейн, но несколько однообразная.

– Вы не представляете, о каком спектре чувств идет речь.

– Поделитесь же со мной.

– Я даже не знаю.

– Может, обсудим Лондон?

– Лондон?

– Скажем, музеи Лондона. Сколько музеев Лондона вы посетили во время поездки?

– Не помню.

– Не помните?

– Я забыла все, что было до Лени.

– Садитесь, два.

— Изольда Марковна, моя голова похожа на огненный шар.

— Давайте разберем это предложение.

Мы разбирали предложение, мою голову, мою глупую жизнь, потом разбирали книги: Изольда хотела дать мне один роман о любви, в котором все кончается хорошо. Потом Изольда показала мне фото: на нем она и стершийся временем молодой человек. Бледное лицо его озаряла неуместная вспышка. На его шее был бант.

— Мы познакомились в театральном кружке, — сказала Изольда. — Я думала, нас свела судьба. Как Валентину и Валентина. Но у него оказалась невеста, тонкая, чудесная девушка. Она встречала его у студии, а я стояла у куста акации и смотрела им вслед. Не все в жизни складывается как в кино.

— А Всеволод Сергеевич?

— Всеволод Сергеевич пришел, взял табуретку и сказал: ну что, будешь моей женой. И это не вопрос был, а утверждение. Потом он встал на эту же табуретку и вкрутил лампочку в люстру, чем окончательно покорил мою мать.

— Но зачем же вы согласились, если выбрали не его?

— Мы здесь не затем, чтобы выбирать.

Изольда сложила учебники в стопку. Чай остыл. Я так и не поняла, почему выбор ничего не значит.

— Изольда Марковна, — сказала я, одеваясь в прихожей. — Если бы у вас была возможность вернуться туда и все переделать. Подойти, признаться, узнать ответ? Вы бы сделали это?

— История не знает сослагательного наклонения, Джейн.

— Но мы можем же представить?

— Можем.

— Вы бы сделали это?

— Без сомнения, Джейн.

— Может, еще не поздно?

— Поздно. Уже полдевятого. И я даже не знаю, как вы поедете домой по такой темнотище.

Глава 33

ПУТЬ ЛОСОСЯ

Леня не знал, зачем устроился в эту школу — платили копейки, и единственный плюс у этого всего был один: бесплатная репетиционная база и бесплатные обеды. С ребятами он сразу договорился: берем себе два дня, ведем кружок, потом репетируем сами — хоть до ночи. Это экономило бюджет, еще и практика какая-никакая. Если не стану музыкантом, думал Леня, если по специальности работать не захочу, буду учителем музыки.

Песни он писал давно. Со словами у него как-то не ладилось, а с музыкой очень. Так что он находил в сети какие-то стихи, еще Борька-клавишник что-то писал, еще девушки его случайные, и все это во что-то да складывалось.

В детстве он и не думал становиться музыкантом, а когда подрос — тоже не думал, просто мать ему гитару на 11 лет подарила. Видела, что сыну нравится — вся комната в дисках, — ну и привезла из очередной поездки. Он сначала даже разозлился: зачем мне это? Я и не играю — лучше бы ролики. Бабушка тоже подлила масла в огонь: не знаешь ты сына, Анна. Кроссовки бы привезла. Смотри, у него уже пальцы торчат наружу. Но мама лишь улыбнулась виновато и сказала: ничего, он научится, ему это близко, я вижу. Леня потом долго еще мучился и ревел в подушку, вспоминая эту улыбку, как будто он ее предал тем, что не сразу согласился. Тогда и решил: научусь. Во что бы то ни стало, увидишь, мам.

Мама уехала, а потом еще mp3-плеер ему прислала. Чтобы выкинул диски, не собирал на них пыль. Мама вообще в его памяти о детстве все время уезжала, точнее, он хорошо запомнил все дни, когда ездили провожать в аэропорт, а как встречали — почти не помнит. Помнит себя до десяти, когда мама еще была рядом — пусть в депрессии, пусть выпивала, срывалась, но он-то помнит иначе: можно было подойти и уткнуться в ее живот так, что в его памяти это застряло счастьем. Мама, конечно, помнит это отчаянием. С отцом Лени, ясно, ничего не сложилось — да и не должно было складываться, — это была случайность, ошибка, нелепый шаг одиночества. Потом появился американский друг и вытащил ее из этой ямы.

«Съезжу к Стивену, посмотрю, как там что, потом и Леньку заберу», — беспечно сказала мама, уезжая впервые и оставляя сына с матерью. Просмотр затянулся на два года. Потом Стивен чужого сына-подростка не захотел — у него свои сыновья были, от которых он ушел — не для этого. А позже Леня и сам сказал: «Я не поеду, мама. У меня друзья, школа, бабушка. Зачем?» Решение далось ему сложно, мама плакала на кухне, но уговаривать не стала.

Мама приезжала нечасто: раз в полгода, иногда в год. Конечно, они созванивались. Сначала просто по телефону, потом – скайп. Посылки туда-сюда летали исправно. Но было понятно, что нет в этой связи главного – того ощущения счастья, которое Леня запомнил. Именно это ощущение он потом и искал – во всех своих отношениях. Хотелось снова почувствовать это желание – уткнуться в живот.

Он нашел себе самоучитель по гитаре, сам себе пальцы в кровь резал о струны, однажды швырнул гитару в стену – ничего не получалось. Но не сдался. Отчего, сам не понимал, но чувствовал: есть в этом какая-то магия.

Однажды – было ему лет 15 – Леня попал на вписку. Ребята часто ходили туда выпить и попеть, а Леня почему-то оказался впервые. Богом вечеринки был Витя, басист какой-то малоизвестной группы, вроде татуировщик и, поговаривали, гей. Леня внял этой характеристике шепотом, кивнул и приготовился ржать. Но смех никак не случался – вместо этого он начал страшно Вите завидовать. Сначала его коктейлям, потом татуировкам, манере курить, забрасывая горло, как будто он думает о чем-то великом и только ему доступном, потом привычке ходить в одних джинсах, с сыромятного ремня которых все время свисал мокрый хвост фланелевой рубашки. Как-то так получилось в одну из ночей, что все разошлись, а Леня остался. Было почти что утро — сизые сумерки постепенно скатывались за горизонт. Дворник вышел с огромной лопатой и начал громко ковырять снег на асфальте.

Витя взял гитару и сказал: покажешь, что умеешь?

Леня неловко коснулся струн и покачал головой: давай лучше ты.

В кухне стало светлее. Витя играл. Его пальцы гитару не мучили, а ласкали, и музыка лилась, как будто из горла, словно река разошлась по весне. Пел он об одиночестве.

— Почему грустная такая? — спросил Леня. Он был уверен, что такой парень, как Витя, уж точно не может страдать от недостатка внимания.

— Так я ведь один на свете, — неожиданно серьезно сказал Витя. — Это вроде как не метафора.

— Странно, — улыбнулся Леня и почему-то решил признаться: я тоже всю жизнь один. Даже мать меня бросила.

Витя руку положил ему на плечо и легонько сжал. У Лени крылья носа сделали какой-то финт, будто бабочка. Сердце сжалось как-то невыносимо, хотелось заплакать — столько было между ними родства.

Леня смотрел на Витину грудь и живот — и сам не знал, зачем смотрит, просто понял вдруг, что хочет ладонь положить на татуировку с бумажным корабликом.

Положил — и легонько толкнул от себя, чтобы по-дружески вышло, а ладонь запомнила это — горячее, влажное.

Витя слегка улыбнулся. Поймал его за запястье, потянул к себе.

— Чего, нравится татушка?

— Нравится, — выдохнул Леня и инстинктивно попятился.

— Хочешь такую же наколю?

Леня кивнул — неуверенно, но Витя держал его крепко.

Бабушка убьет, подумал Леня, когда Витя повалил его на тахту и одним махом задрал свитер и майку.

— Отстань, блин, — для проформы сказал Леня, смеясь, но с тахты не встал.

Через мгновение Витя сидел на нем, как йог на иголках, и ковырял ему грудь жужжащей машинкой.

Мертвые, трупы, машина переехала ежа, думал Леня, вонючие бомжи, шлюхи с Курской, дерьмо в подъезде.

Что угодно — только бы не думать о том, что Витин крестик, когда тот склоняется с машинкой, щекочет ему живот. А пот капает туда же раскаленным воском. И вообще все слишком близко — нельзя же так.

— Готово, — наконец сжалился Витя. Соскочил с него и стоял, довольно рассматривая сверху свою работу.

— Спасибо, — сказал Леня, как можно быстрее напяливая майку.

— Что, не посмотришь даже? — усмехнулся Витя. — Вот, подойди. Он подвел Леню за плечи к зеркалу, просунул руки под мышки и задрал ему майку. — Ну че, художник я?

— Художник.

— То-то же.

Леня смотрел в зеркало на Витю и не мог ему простить, что он такой смелый, такой красивый, такой невозможно уверенный в себе. И как бы ему хотелось быть им, залезть в его шкуру и там и остаться. Или хотя бы прижаться к нему и заснуть. Но как же это мерзко — думал Леня, как все это только пришло мне в голову. И тут он с ужасом понял, что никакие мертвые белки и ссаные тряпки его уже не спасут.

Леня развернулся, не зная, что ему сделать — ударить Витю или поцеловать. Витя не двигался. Все та же усмешка зависла на его лице.

— Решайся на что-нибудь или вали, спать охота, — зевая, бросил Витя, заметив его терзания и комок из свитера, который Леня прижимал к своим джинсам.

Леня почувствовал себя голым, вспомнил тот день, когда мать принесла гитару, тот день, когда мать уехала, пообещав забрать его с собой, осознал, что сегодня впервые почувствовал то забытое желание, и это желание было ужасным, оно сломалось, испортилось, сбылось совсем не так, как он хотел.

Что он чувствовал тогда? Посмотрите в энциклопедии: львы и косули, гончие и дичь, киллер и жертва.

— Не художник ты, а говно! — закричал вдруг Леня. — Говно ты полное, понял? И поешь ты говно всякое!

И, борясь с подступающими рыданиями, пошел на таран, размахивая головой, как взбесившийся бычок. Витя взял его за плечи и тряхнул хорошенько, так что из Лени чуть все кости не высыпались по одной.

— Если хочешь чего-то — бери, а ссышь — так не выдавай себя, — миролюбиво сказал Витя. — Иди умойся, мокрый лосось.

Позже Леня подумал, что это был лучший совет, который ему давали в жизни. Витя стал ему за мать, Википедию и исчезнувшего отца — так просто и доступно он объяснил Лене, как нужно жить. И еще: предчувствие — лучшее из чувств. Это Леня тоже понял.

Год спустя он лишился невинности на вечеринке по случаю выпускного с одноклассницей — у нее была самая большая в мире грудь, самые длинные волосы и самая красная помада. С каждой секундой знакомства с этой нескончаемой женственностью он выбрасывал, вычеркивал из себя Витю, который был во всем – в небе, воздухе, музыке и дыхании, а кораблик нестерпимо жег.

Глава 34

С ЧЕГО НАЧАЛСЯ КОНЕЦ

Я помню, как мама впервые не пришла домой ночевать. Вера долго сидела на диване в гостиной и не ложилась, а под утро я застала ее там же – она спала, а в руке у нее был телефон. Из включенного телевизора лился поток утренних новостей.

Я дотронулась до ее плеча, и она подскочила.

– Что? – спросила она, испуганно глядя на меня. – Мама пришла?

– Я не знаю, – честно ответила я. – Сейчас посмотрю!

Я добежала до спальни, чтобы обнаружить там застеленную постель.

– Не пришла, – сказала я, вернувшись обратно с чувством выполненного долга. – Включи мне мультики?

Мама пришла через полчаса, чертыхаясь и спотыкаясь, она сняла сапоги и куртку, запутавшись в шарфе, а потом встала, держась за стену, готовая к удару. Вера молчала.

— Что скажешь? — спросила мама тоном, вызывающим на ринг.

— Ничего, — пожала плечами Вера и пошла собираться на работу.

— Совсем ничего? — мама продолжала ходить за Верой как тень.

— У меня нет слов, — сказала Вера и повернулась к ней. — Ты ведь не в общежитии живешь. И не одна. У нас ребенок.

— И? — мама взвизгнула, потому что Вера нажала на рычаг, который запускал крик. — И я теперь не могу вообще никуда выйти? Может, запрешь меня на замок?

— Ты ведь, кажется, только пришла? — тихо заметила Вера. — Вроде бы тебе даже не пришлось взламывать двери.

Тогда этот диалог показался мне совершенно лишенным смысла, и только сейчас я понимаю, что они пытались сказать друг другу.

Мама пыталась сбежать от ответственности и опеки над собой, Вера — пыталась получить все мамино время и внимание, как любой человек, который влюблен и не терпит конкуренции.

Оттого, что Леня сегодня утром зашел в школу вместе с солисткой школьного хора Лерой, у меня в груди проворачиваются раскаленные копья.

Дружи только со мной, говори со мной, будь моим.

И тут же чувствую, как это неправильно.

Вроде бы тебе даже не нужно взламывать двери, Леня, но не пытайся выйти, потому что ты причинишь мне этим страшную боль.

Я снова оказалась там, в той комнате, в нашей гостиной, в одной из многочисленных наших гостиных: Вера стояла в ослепительном своем халате, белом, как первый снег, а мама подпирала стену, не давая ей пройти в прихожую.

— Мама, дай мне попить, — сказала я, чтобы нарушить эту звенящую тишину.

Никто не отреагировал.

— Вера? — позвала я, подходя к кухонному столу. — Налей мне попить.

В прихожей ничего не изменилось — тишина была по-прежнему оглушительной.

Почему-то в этот момент меня сорвало, бурлящий поток энергии — от того, насколько огромна и непонятна мне жизнь; я вскочила, схватила со стола недопитую чашку кофе и, подбежав к их застывшей скульптурной композиции, начала с бешеным криком выплескивать на них кофе из чашки. И мама, и Вера стояли, в ужасе глядя на меня, пока обе не вышли из оцепенения и не сгребли меня в охапку. Не помню, кто нес меня в ванную и успокаивал. Помню, что Вера сняла свой белоснежный наряд — он был весь в брызгах от кофе — и плакала. Наверное, это был первый и последний раз, когда я видела, как она плачет.

Потом они помирились, конечно.

Штука была в том, что они всегда мирились.

Поэтому меня так удивило, что однажды все закончилось по-другому.

Глава 35

138 НЕПРОЧИТАННЫХ ПИСЕМ

«Сегодня опять еду на английский, а значит, буду писать тебе в метро. Я так люблю смотреть, как ты улыбаешься, какой ты красивый. Я так скучаю по тебе, мне так тебя мало, мне не хватает 45 минут репетиций. Да еще и звонок дают на минуту раньше, это только на алгебре звонок – в срок. Что же мне делать? Без тебя не могу, и все мысли только о тебе. Сейчас Петя у доски. Он так нервничает, жуткие нервные флюиды распространяются по классу. Правда, когда я вижу тебя, у меня руки трясутся и голос дрожит – тоже. Петя так мнет слова, ничего непонятно. Хочу, чтобы этот урок закончился. Хочу к тебе. Хочу тебя. Идиотка. Сейчас мы пойдем с Алькой в столовку и будем есть бутерброды с сыром и кекс, лежащий у меня в рюкзаке с октября. Это такое интересное письмо, что я его лучше выброшу».

«Можно сидеть на литературе, широко расставив ноги, как баскетболист, и расстегнув до предела кофту, надетую на голое тело? Можно. Я так и делаю. Сижу так и пишу тебе, хотя ты это никогда не прочтешь. Зачем я живу? Чтобы увидеть тебя, а на следующий день увидеть тебя снова. И вот я жду завтра, потому что завтра репетиция. И я жду и желаю увидеть тебя. Жду и желаю – такие сильные глаголы. Училка по русскому и литературе ничего не знает о силе слов. К тому же она больше мной не гордится. «Я к тебе такой привыкнуть не могу», – говорит она, а что, собственно, изменилось? Ну, прическа, допустим. Ну, кофта эта. Ну, любовь к тебе».

«Что происходит? Я ведь не могу без тебя. Тебя нет в школе, сейчас физика, и мне от этого так плохо, хуже, чем если бы физика, а ты при этом в школе. В глазах одно — твои глаза, в мыслях имя твое — Ленечка. Вчера с мамой поругалась. Прости, это напоминает дневник малолетки, но что же делать, если я малолетка и есть? Так вот про маму. Я прихожу домой каждый день в 9 вечера — иногда остаюсь у Веры, но Вера меня тоже пилит. В девять вечера хочу только жрать, спать и думать о тебе, ну а как? Так вот, сначала я ем, а потом мне звонит Аля. Мы, конечно, виделись в школе, но после этого я ездила на английский, поэтому несколько часов все же не виделись. Мы совсем немного разговариваем, но мама уже бежит и орет, что мне нужно готовиться к экзаменам. Леня, какие экзамены? Еще ведь зима. Потом мне звонит Рома. Рома — это мальчик из актерской студии. Я туда еще в прошлом году закончила ходить, а Рома, видимо, не заметил. Рома звонит и спрашивает: «Когда встретимся?» Когда школу окончу — отвечаю я. А мама орет: «Да ты ее не окончишь!» Потом мы еще немного покричали, и я разбила себе губу кулаком. Это как называется? Совсем я псих?»

«Леня, привет, я еду в метро. Погода сегодня ужасная, и поезд следует в депо. Пишу и делаю вид, что действительно пишу тебе письмо, потому что люди, которые тоже едут в метро и могут это прочесть, удивятся, если это не письмо — поэтому пусть будет словно письмо. Хочется написать «ты же обещал», но ты мне ничего не обещал, ничего такого. Поезд дальше не идет, просьба освободить вагоны: я сейчас освобожу вагон и буду писать тебе на колонне. Слова будут рвать лист, но это ничего, ты же все равно это не прочтешь, какая разница».

«Леня. Сейчас будет короткое, потому что поезд уже почти приехал. Хочу: тебя увидеть, с тобой говорить, тебя (это не то, что ты подумал, а просто писать лень), тебя (вот теперь думай что хочешь)».

«Сегодня вторник, и, как в любой вторник, мне пусто. У Лени по вторникам практика в конторе, он не приходит в школу, и я торчу тут одна. На перемене вызвалась дежурить на втором этаже у актового зала, потому что все тут напоминает о нем. Завтра он снова будет здесь, и границы между нами перестанут существовать, как будто бы растворятся. Я вернусь сюда же, сяду на пол и буду ждать».

«Сижу на уроке и жду: еще минута, еще, я вскочу и побегу вниз, и он распахнет с грохотом дверь, пружинистым шагом дойдет до зала, кинет мне свое «привет, Женьк» и, может быть, даже ударит меня по плечу, как старого друга, старого пьяного друга, который сидит на полу его сквота. Но я не в сквоте, я в секте — такое я себе выбрала божество. Какой поп, такой и приход, я весь приход его, настроенный решительно. И вот минута прошла — я преодолела две лестницы в один пролет и 16 непроницаемых стен. Теперь сижу на полу и продолжаю писать письмо, которое не отправлю. Я жду. Я жду, как преданная собачка на коврике, только без коврика. Потом звонок — и снова вырастут стены. Ну вот. Прошел. Кинул свой привет — я взяла. Алька посмотрела, что я пишу на уроке географии, и сказала: «Полная туча». В общем, ей не нравится, что я опять пишу тебе».

«Мама трясет над моей головой учебником истории: «Куда ты будешь поступать? Как ты будешь поступать?» А я никак не хочу поступать — только правильно. Правильно отправить тебе хотя бы одно письмо. Куртки зачем-то дорожают, ингредиенты для оливье — дешевеют, об этом сказали по радио. Что происходит? Боже мой, через две недели концерт, мы будем петь, я спою тебе — и все закончится или, наоборот, начнется».

«Сегодня мы встретились в столовой. Он сидел ко мне спиной и сосредоточенно ел. Было бы здорово обнять его сзади и прижаться щекой к спине. На обед, кстати, давали котлеты. Сначала они подают их с рисом, а потом то, что не съели, кладут на хлеб».

«Желтая пятиэтажка. Окна в занавесках и цветах. Я пробираюсь сквозь низкие ветки деревьев, сквозь глубокие лужи – к тебе. На меня – сверху – как зажженная спичка – солнце опустило лучи. Протяну ладонь – и сквозь пальцы свет потечет. На моем лице – тень пятиконечная распласталась. Задираю голову и вижу холодное синее небо. «Видите, какое, черт возьми, небо? – говорю я случайным прохожим. – У него – честное слово! – такие же точно глаза». И зачем я так хотела увидеть тебя сегодня? Мне снова хреново. Очень хочу к тебе. И еще эта твоя рубашка...»

«Спросить – всегда очень страшно. А некоторые вещи особенно. Нравлюсь ли я тебе? Мог бы ты полюбить меня? Испытываешь ли ты ко мне влечение? Как об этом спросишь? И что за слово такое ужасное «влечение»? Когда мама и Вера не знали, как задать друг другу тот или иной вопрос, они всегда играли в «Правду или желание». Какие там были правила? Ты знаешь эту игру: можно крутить по кругу бутылочку и стать ее жертвой, можно выкидывать кубик, и проигравший по количеству очков выбирает — отвечать ему на вопрос или исполнять желание. «Правда или желание?» — спрашивала Вера, когда выигрывала. И мама отвечала: «Желание». Никому не хочется отвечать на вопросы. Всем страшно эти вопросы задавать. Тогда они поставили ограничение: не больше трех желаний по ходу игры. Стоит однажды устроить вечеринку, пригласить тебя и предложить эту игру. По крайней мере, я узнаю, хватит ли у меня смелости обойтись без «желаний».

Глава 36

ГДЕ ОСТАЛЬНЫЕ

Я вешаю — ты не лайкаешь. Пишу — и не отправляю. Для таких, как ты, есть специальный невидимый лайк — «понравилось молча». Всегда выбирай его, если не хочешь спалиться. Рассказала об этом маме. И добавила: «Вот почему Вера никогда не лайкает твои фото». — «Ясно, — сказала мама. — Теперь понятно. А как быть со всеми остальными?»

«Ну а что остальные», — спросила я. Остальные ничего — какое нам дело до остальных. В любви нет и не может быть никаких остальных, как будто стоишь одна посреди пустой площади, и в мире есть только еще один такой человек, и хорошо бы вам встретиться. Мама говорит, что это максимализм. Но ведь это прожиточный минимум.

Завтра у нас будет репетиция. Как это я научилась так удобно жить — от репетиции до репетиции. Время тянется долго, когда чего-то ждешь, хотя иной раз кажется, что дни пролетают мгновенно — только начну тебе писать, а уже вечер.

В одном из своих неотправленных писем мама писала Вере о том, как все начиналось. Я понимаю, зачем она писала: чтобы запомнить все до мелочей, чтобы и через восемь лет не забыть. Не забыть и через двадцать. Говорят, память устроена так, что через минуту ты уже не помнишь, как все это было, тем более не помнишь и через год. При этом ты не замечаешь, что что-то забыла, а что-то выдумала, просто один кирпичик воспоминаний незаметно замещается другим, и правды уже не знает никто. Поэтому я и делала свои фотографии — на память я не надеялась. Мама тоже хотела запомнить какие-то мелочи — что шарф был голубой, а не синий, что мрак был темным, как во дворе-колодце в ноябре, что собака лаяла, как в деревне, такая случилась тишина. Всего минута — и это прошло. Стоит запомнить. Там, на заиндевевшей лавочке, мама впервые поцеловала Веру, потому что в орешке-предсказании ей выпал ответ: «Все двери открыты, выбери правильную». И мама выбрала.

Расстаться — тоже было выбором. Просто другая дверь на этот раз была правильной.

Завтра увижу тебя и буду петь.

Текст для песни я написала на уроке истории за девять с половиной минут. Он был в меру рок-н-рольным и в меру трогательным. Леня так и сказал: всего в меру. Вот он:

Когда я снег соберу в ладони,
когда я перестану чувствовать
холод,
я буду в черном, подобно вороне,
а ты будешь в белом
и, видимо, молод.
Когда я дожди
выпью по капле,
когда для меня перестанешь
значить,
я попрошу меня
ведьмою черной
по неизменному блату
назначить.
Когда я войду в твои
в твои белые стены,
когда я оставлю

следы на паркете,
тогда наконец я останусь
довольна,
что хоть на минуту
меня ты заметил.

Эта песня должна быть легкой. Это не мелодрама.

Вся мелодрама у меня внутри. Хватит и этого.

Глава 37

СТРЕЛЯЙ

«Вера, послушай, может быть, ты забыла, но я помню, помню, как отец кричал на тебя, чтобы ты это прекратила, что ты после этого ему не дочь. А ты сказала: «Жаль, потому что ты всегда будешь моим папой». И ушла. Выбрала меня. А ведь ты любила его больше всего на свете, боготворила его, принимала его выбор как свой. Всегда. До этого дня. Вера, я так благодарна тебе за этот шаг, потому что я любила тебя, ужасно любила, и, когда мы расстались, я чувствовала себя хуже всего не потому, что осталась одна, и не потому, что сама все разрушила, а потому, что мне казалось, что ты зря тогда выбрала не его. Мне казалось, что ты ошиблась, а я тебя к этому подтолкнула. Но, клянусь, я тогда верила в то, что мы навсегда. Всем влюбленным кажется именно так. Смотришь на человека и думаешь: этот — навсегда. И ошибаешься. Каждый раз ошибаешься. Но стоит мне подумать о том, любила ли я кого-нибудь, как тебя? И не знаю ответа. Потому что, как тебя, я любила только тебя и еще Женю. Сейчас, когда Женя сама влюблена и я вижу, что ей кажется, будто с ней первой это все происходит, и думает она: о, этот — навсегда, мне как никогда хочется, чтобы это оказалось правдой. Но вот восемь лет прошло, и ты по-прежнему не даешь мне ответа — ты тот человек или нет? Или я ошибка? Или что? Что мне делать, Вера? Я как маленькая девочка, которая не знает, кем будет, когда вырастет».

Это кажется почти невероятным, но и у Веры было детство.

С тех самых пор, как Вера впервые всадила ножик в лоб одному мальчику в синих шортах, ей больше всего хотелось получить пистолет.

Много лет спустя, летним днем, когда дождь все так же пахнет облепихой (у меня есть фотография такого раннего осеннего дня), мы шли, лопали белые шарики с низких кустов, и Вера рассказала эту историю. Я боялась забыть — сфотографировала. Вера говорила: я не хотела. Секунда — и ножик — маленький, с пластмассовой треснутой ручкой, украденный у отца из тяжелого ящика с инструментами, замотанного синей изолентой, — может выскользнуть и попасть кому-то в лоб.

«Будь осторожна, Женя, — сказала Вера. — Не делай так — лучше вообще нож в руки не брать». «Потому что ружье все равно выстрелит?» — спросила я со знанием дела.

«Точно».

Так вот, конечно, на площадку прибежали его родители. А у него кровь течет на рубашку, и ему очень больно. Оставаться мужчиной — когда тебе больно, он должен запомнить это и сейчас соврать. Соврать, потому что ему нравится эта девочка с неловкими пальцами, а ей нравится Мишка. Так всегда бывает, не унывай, парень.

— Не унывай, парень, — говорит ему отец.

— Успокойся, — говорит отец матери, которая на высоких тонах пытается выяснить, кто же такой меткий и куда же смотрела воспитательница.

— Отвернулась на минуту буквально, — говорит воспитательница.

— Московское время: двенадцать ноль-ноль, — говорит радио «Маяк».

— Это хулиганы, — говорит мальчик.

И Вера улыбается.

Немишка смотрит в ее глаза, и ему ужасно хочется заплакать, хочется, чтобы она пожалела его или хотя бы еще один раз ударила его ножиком, потому что потом она обязательно его поцелует, он видел это в кино, он знает точно.

Но она поворачивается к Мишке, тянет его за рукав и кивает в сторону кривой песочницы. Немишка, не мигая, смотрит им вслед, смотрит сквозь мамины руки, убирающие челку с его лба, сквозь вату и струйку перекиси, щекочущую кожу, сквозь белые халаты нянечек детского садика, полоску пластыря, липкую, как ловушка для мух. Немишка знает, что такое предательство. Ему совсем уже не больно, и кровь не течет, родители уходят за зеленый забор из кустиков акации, а воспитательница разворачивает газету. Он слышит, как она шуршит, и чувствует масляные разводы типографской краски: они с отцом часто делали из газет одноразовые лодочки. Он слышит смех Веры и глухой звук падающего на землю ножика. Он плачет. Вера говорит, что запомнила это, а вот имя его — нет.

Мой белый

А однажды Мишкина семья решила переезжать. Вчера они с Верой были тили-тили-тесто, а сегодня Мишка уезжает навсегда.

— Я вынужден с вами проститься, — говорит Мишка.

Мишкина бабушка — актриса в театре. Она выводит брови в узкую черную дугу, берет свою лаковую сумочку и шелестит разбросанными по всему дому страницами монологов. Они переезжают с «Белорусской» на «Аэропорт». «Аэропорт» — это очень далеко, целых две станции на метро, и Вера никогда туда не сможет приехать. Ей бы спросить его: почему?

— Из какого это спектакля? — спрашивает Вера.

— Не знаю, — говорит Мишка.

А потом за ним приезжает машина, папа сажает его на колени и говорит:

— Ну, ты попрощался с друзьями?

Вера отворачивается и начинает считать одуванчики на полянке. На ней джинсовые шорты, как у мальчишки, и руки путаются в карманах и завязываются в узел.

«Вера», — зовет откуда-то из-за спины Мишка. Такой привычный и нелепый Мишка в клетчатой рубашке, который теперь будет жить на другом конце света. Воспитательница как-то рассказывала, что Земля круглая, и если идти навстречу друг другу, не останавливаясь, когда-нибудь вы все равно окажетесь в одной точке и снова сможете кидать ножики в песок, соревнуясь, у кого глубже войдет.

Вера поворачивает голову и как можно обидчивее косит взгляд.

— Чего? — спрашивает она и щурится от яркого солнца.

У Мишки в руках мнется как будто бы серебряная обертка от конфеты, сладкая и яркая, как серпантин. Однажды ее подруга Дашка принесла шоколадный сырок — невкусный творог в очень сладком шоколаде, — но отчего-то было так вкусно, потому что чужой. Дашка разделила его на всех, и Вере достался маленький кусочек, такой, что им даже невозможно было испачкаться, но он был вкуснее, чем мороженое, вкуснее, чем горькие шоколадки, и вкуснее, чем соленые лисички прошлым летом на даче.

— Ну чего там у тебя? — спрашивает Вера.

— На вот, — и Мишка протягивает ей серебро в ладони.

Оно сыпется в руки и одним литым созвездием ложится на кожу. Оно холодное по краям и горячее от Мишкиных рук. Вера отворачивается от солнца и рассматривает драгоценность. У нее в руках маленький стальной пистолет с настоящим курком на пружинке. Мишке принесла его бабушка — это называется реквизит, и Мишка никому не разрешал его даже трогать.

— Это тебе.

Вера смотрит на Мишку и берет его за руку. Целую вечность она смотрит ему в глаза, а потом отталкивает изо всех сил, так что он падает на песок, потом вытягивает руку и упирается дулом в его напряженный лоб. Между ними несколько воображаемых пластмассовых линеек, по которым они обводили открытки на 8 Марта, но он ощущает стальную твердость оружия частью своей головы.

— Я попрошу маму приехать к тебе в гости, — говорит она.

И жмет на курок.

Водитель давит на газ, и в воздух взлетают черные птицы дизельных паров.

— Дети, пора обедать, — кричит из окна повариха. Вера идет в столовую, но моет только одну руку. Второй она все так же сжимает пистолет. Ей теперь нечего бояться, и очень может быть, что после тихого часа она отправится пешком вокруг Земли. Этот мальчик, подаривший тебе пистолет, почему он оказался мудрее твоего отца?

Глава 38

ДОБЕРМАНЫ, НАЗАД

«Вера. Вера. Вера. Ты знаешь, когда мы встретились, у меня были уже отношения. Я встречалась с другом твоего брата. Его звали... Впрочем, какая разница. Он был красив, кудряв, весел. Да что там — он просто меня любил. Я помню, что хотела от него детей — уже тогда хотела. Он был таким надежным и вместе с тем — таким удушающим. Особенно в тот вечер. Когда ты уже была. То есть, когда ты появилась, мы встретились и у меня поехала крыша.

Ты на него наслоилась. По крайней мере, в моей памяти это выглядит так. Я помню этот вечер до мельчайших подробностей, потому что уже знала, что все закончилось здесь, а там — с тобой — еще ничего не началось, и я не знала, начнется ли вообще. И я как будто висела над пропастью.

Помню, как хотелось мне тогда — очень-очень — бежать по прямым и скользким улицам, тереть уставшие глаза длинными рукавами, торчать сфинксом на чьей-то прокуренной кухне, отгородившись от мира доспехами оранжевых штор, и всем своим видом дублировать стену напротив. Хотелось врать себе, что свет на тебе не закончится, что ком в горле от того, что я никак не решалась тебе сказать, расплавится с горячим вином или растворится под градусом. Хотелось стоять голой на балконе и кричать на весь микрорайон — до последней «Пятерочки» — от безысходности, в тайне надеясь подхватить что-то, о чем ты непременно узнаешь последней и вот тогда-то и пожалеешь наверняка. И я откровенно скучала, смотрела на всех с ненавистью, и телефон до хруста в руках сжимала, словно бы он из картона, и пыталась себе же и отомстить тем, что с кем-то другим... Или по привычке, стало быть.

А он, тот самый, почему-то всегда был простужен, и в тот вечер тоже, поэтому окунался лицом в ведро с картошкой, а мы его гладили сверху по полотенцу и фотографировали. «Бог мой, почему ты так любишь доберманские эти фото?» — «Почему же они доберманские?» — «Какие-то собачьи».

В мою любовь к тебе он всерьез никогда не верил. Говорил: «Ну, я слышал, это сейчас модно. Сделай это, если тебе нужно. Или можем втроем». Я на него смотрела и думала: идиот. Как ты не понимаешь, что мне нужно с ней все — что я хочу ходить с ней в супермаркет и катить тележку, читать одну книгу, смотреть кино, положив голову на ее плечо, держать ее волосы, когда ее тошнит после вечеринки, покупать ей прокладки и дарить цветы.

А не вот это вот все, хотя и это все тоже.

И там же, посвистывая в видавшей виды кастрюле, парилась свежая сладкая кукуруза, чтобы потом застревать в зубах и оставлять голодными тех, кому сегодня целоваться. «А тебе, что ли, не целоваться?» — «Нет». Тут все засмеялись. А Ваня заплакал. Его звали не Ваня.

И запахи по квартире вились узорчато, коптили потолок, лизали лампочку, и его — такое чье-то, такое неважное – «давай уедем вечером, не могу я в чужих постелях» упало в мое самое обреченное «но ведь они уже постелили, неловко, я же с тобой, какая разница?», да там и осталось. И сразу захотелось плакать или зацеловать его до обморока – одно из двух, как бы прощаясь – и я выбрала смешанное.

Потом настало самое время разлить по чашкам из кофейного набора – чешский хрусталь и полпинты болгарского фарфора – не разбейте, бабка убьет! – остатки «Алазанской долины» или ненавистного брюта. На заметку: «Алазанская долина» – вино для монахов, «Алазанская долина» – чертово красно-белое пойло, «Алазанское долина» – не маркированное ни в одной из стран, «Алазанская долина» – от нее ни разу никому не было дурно, «Алазанская долина» – грош цена бесценному этому продукту – 102 рубля отечественных денег, спасибо, это был конец рекламного ролика. И еще – никогда, никогда не пейте ужасный этот брют.

Мы выпили, и как ни тянули время – пришлось ложиться спать. Я глаза не могла закрыть, оттого что все плыло и плясало, и открытыми не могла оставить – формалиново тянуло спать. Одна надежда была: скоро утро и вновь зашастают троллейбусы — дребезжащие стеклянные леденцы с горящими адресами назначения.

И я уже знала, что мой адрес назначения — твой.

«Ты так странно вчера на меня смотрела, мне казалось, что ты меня ненавидишь», — сказал он мне, а я и не знала, куда прятать свои измученные ожиданием глаза, как рассказать, что все, что мне нужно, — чтобы он наконец отпустил меня.

«Что ты делала сегодня ночью?»

Все просто: я обнимала тебя, как в последний раз, потому что именно в последний раз это и было.

«Много пили вчера. Не помню», — сказала я. Но я помню, конечно. Помню, как руки болели от желания тебе написать. Как теряла сознание и нить беседы от одного случайного упоминания твоего имени. Как я купила тебе открытку в ларьке у метро со всяким барахлом — с прикольным котом в зеленой шерстяной шапке и приклеила к ней письмо. И подумала еще: даже если тебе не понравится текст, то по крайней мере открытка довольно милая.

Там было написано «Вера, верь мне».

Глава 39

ГЛОБУС МИРА

«Здравствуй, Саша. Я часто вижу тебя во сне. Вижу неотвратимо. Иногда мне кажется, что это безумие, иногда дает эффект глюкозы. Почему мысленно я каждый вечер ложусь в постель с тобой? Почему не могу сделать так, чтобы снились драконы с хвостами из папье-маше? Политические деятели? Космические пространства? Я вижу сны или страшные, или сладкие, но их потом все равно хочется запить, зажевать, засмотреть телевизором. Я уязвима и не то чтобы сильна, как мне казалось раньше. С каждой минутой я люблю тебя все сильнее, хоть мне и странно теперь думать о тебе как о любовнице. Ты всегда была очень хрупкой, и мне жаль, что я так и не уберегла тебя от себя.

Помнишь, однажды мы ели квашеную капусту и спорили, какого цвета у меня глаза. Ты зашла с солнечной стороны, попросила меня снять очки и долго смотрела в мои глаза. Мне казалось, что они кончатся — слишком много света сразу. У тебя мягкий и бархатный взгляд, он всегда меня возбуждал. Я пишу это и думаю, могу ли я так писать.

В детстве я очень хотела глобус. Однажды не выдержала и украла его из школы. Глобус был круглый, с надломанной подставкой и немного выцветший от солнца. Я несла его осторожно, перед собой, как древнюю вазу, и в набитом троллейбусе он больно упирался мне в живот. К сожалению, у меня не было своей комнаты. Я всегда делила пространство с братом. Так что существовал заваленный хламом угол и кресло-кровать, под которую ссыпались все бывшие в употреблении вещи. Там они терялись и забывались до Нового года, когда меня с криком и скандалом заставляли отодвинуть свое пристанище и вымести тонны пыли. Глобусу я отвела место на шкафу. Пришлось подвинуть книги и встать на цыпочки. Не думаю, что ему кто-то обрадовался. «Очередную шарманку приволокла пыль собирать», — откомментировала бабушка. А я гордилась собой. В моих мечтах, воспитанных советскими фильмами про школьников, у человека должен быть стол с лампой, глобус или карта полушарий на стене. Конечно, карта полушарий — это более объемно, но мне не разрешили портить эстонские обои. Зато глобус крутился. И я его крутила.

На голубом пространстве своего пыльного круглого мира я видела только горы и моря, остальное меня занимало не очень сильно – географию я никогда не любила. Весь смысл глобуса состоял в том, чтобы обладать им.

Наверное, так и с тобой.

Ты спрашивала, в моей ли это привычке – обладать чем-то?

С тобой мне казалось, что важнее принадлежать.

Но ты видела это иначе.

Возвращаясь к глобусу: географичка у нас была помешанная, мы все время рисовали какие-то контурные карты, и единственным светлым воспоминанием оказался момент, когда мой сосед по парте нарисовал член в границах Южной Америки. Я так смеялась, что меня выгнали за дверь, но мне это понравилось. И все последующие уроки мы с упоением рисовали все самое неприличное. Особенно хорошо мне давалась Африка.

Африка – это там, где жарко, где слоны, обезьяны, мальчики с вывернутыми наизнанку ладонями. Нет. То есть в моей Африке всего этого нет. Поначалу меня даже настигло разочарование и обида: в детских книжках, пользуясь моей неосведомленностью и тройкой по географии, меня обманывали как последнюю дуру. Потому что Африка – это там, где мы были вместе. Мысленно я всю жизнь крутила этот глобус и везде хотела побывать с тобой.

Возможно, нужно было остановиться?

Меня не научили этому на географии.

Мы видели с тобой одновременно так много и так мало мира.

Простудилась тут и вспомнила, как ты впервые поцеловала меня. Ты ходила без шапки, заболела, и я пришла тебя лечить — это был предлог, повод, потому что вряд ли я могла бы сделать для тебя больше, чем заварить чаю с медом. На следующий день на губе выскочила простуда. До сих пор я считала, что у меня полная резистентность к этому — я целовала и других с простудой, но с тобой-то вышло не так. Я смотрела на себя в зеркало, и мне ужасно нравилось, что у нас теперь есть что-то общее. В том, что ты заразила меня, было что-то интимное, близкое, семейное. Я была инфицирована тобой в сердце, что уж удивляться какой-то простуде. Когда открываешь кому-то шлюзы, всякая резистентность проходит и вас начинает объединять инфекция.

Ты тогда посмеялась над тем, что у меня всему есть диагноз.

Всему, кроме того, что случилось с нами потом».

Глава 40

БАЛКИ СЗАДИ

«Самое лучшее утро, Вера, начиналось с твоего звонка. Слышать любимый голос с утра до вечера — а дальше хоть трава не расти, а дальше я старалась держать себя в руках, а дальше я просто сходила с ума, потому что еще никогда не была настолько счастлива.

Наверное, самая страшная болезнь — это пустота Альцгеймера, когда ты забываешь все, что было дорого. Воспоминаниями можно жить, их можно раскатывать пластилином, ими можно дышать, потому что воспоминания — это не только образы, не только встроенный просмотровый режим, это кнопка «плей» на запахи, от которых меня бросает в жар, на ощущения в кончиках пальцев, которые помнят грифельную текстуру карандаша, которым я рисовала тебя по утрам в своем блокноте.

Сегодня дождит, а на площади Тверской заставы снова пробка минут на тридцать. Светофор очень несправедлив: он дает пятиминутку съезду с Ленинградки и тридцать секунд с Грузинского Вала; «восемнадцатый» троллейбус затих и погрузился в сон. Моя маникюрша считает, что главное — это сообщать судьбе о своих намерениях, мол, говорить ей почаще: «Двери — там, где я». И тогда — все двери открыты. Люди находят разные способы поверить в чудо. Я скороговоркой произнесла: «Пробок нет, где я», но это не помогло. Видимо, я недостаточно сильна в импровизациях.

Пока стоим, вспомнила: утро, начало осени, видимо, я вытираюсь твоим полотенцем, оно так потрясающе пахнет, и тут к ногам падает огромный шмель. Черный от воды, он тяжело плывет в направлении слива, но застревает в нем — он толще решета для воды. Скорее всего, прицепился к полотенцу во время сушки на балконе, но где он был несколько минут назад? За завтраком я демонстрирую тебе шмеля, а ты брезгливо морщишься, и такое хорошее, черт возьми, утро.

Ты знаешь, я просто вспоминаю, что мне в нас нравилось — нравилось быть счастливой. Нравилось, когда у нас была цель или совместный план, когда мы касались друг друга плечами; когда кто-то сразу понимал, что мы любовницы; когда гладила тебя по волосам; когда мы бездельничали, когда ветер дул в мою сторону твоим запахом; когда наша дочь говорила: «Я скажу тебе секрет, только

Вере не рассказывай», и это был секрет о том, что надо подарить тебе цветочек; когда кто-то спрашивал меня, где ты; когда нас путали по телефону — постоянно; когда мне говорили: ты сейчас паузу сделала, совсем как Вера; когда нагло пялилась на твою грудь; когда ты босиком, и я смотрела на твои пальцы; когда можно было проснуться среди ночи, чтобы увидеть, как ты спишь; когда я вдруг получала твое сообщение с работы: «Ну что там?» И я отвечала: «Холодно».

Кто-то не выдержал и начал сигналить. Я вспомнила, как очень давно, совсем давно, мы впервые ехали куда-то в машине. Ты за рулем — такая легкая и красивая, что у меня кружилась голова, температура была, как у собаки — чистокровна и высока. Мы скользили по неровным и холмистым улочкам Москвы, где только дворники да тихие листья, по громким шустрым трассам с винтажными и ультрамодными заголовками магазинов, витрины контрастно мелькали у меня перед глазами: глаза слезятся, и я зажмуриваюсь от наслаждения. Вверх-вниз, вверх-вниз.

А куда и зачем мы ехали? Кажется, мы везли стальные трехметровые балки от баннера на какую-то медицинскую конференцию. Балки занимали половину твоей машины, так что на заднем сиденье, перевернутом вверх дном, можно только лежать, да и то в не очень приличной позе, учитывая мою дурацкую привычку напяливать каблуки и чулки в сетку в самые неподходящие для этого моменты.

Твои руки на руле и твои глаза в зеркале. Удивительно красивые руки и бесконечно красивые глаза. С таким оружием нельзя выходить на улицу, нельзя вообще ничего. В конце концов вечером в лифте ты сняла перчатки и, придавив меня собой к стенке, сказала: «Пиф-паф, ты убита, сердце или кошелек?» И укусила меня в шею, как вампир. «Сердце, — выдохнула я. — Конечно же, сердце».

Вера, это глупо, но именно тогда я подумала впервые: вот бы у нас с тобой был ребенок».

Глава 41

КРАСКИ

После школы пошли с Алькой красить мне волосы. До концерта — три дня.

Чтобы темные волосы стали синими, нужно сначала сделать их белыми, поэтому мы полтора часа выбирали в хозяйственном краску для блондинок.

Синий пигмент я заказала еще две недели назад, должно было получиться умопомрачительно. После Нового года меня, вероятно, не пустят на порог школы, но кого это волнует.

— Вот, держи, — сказала Аля. — Тебе это пригодится.

И достала из рюкзака тюбик с серебряными блестками. Она сказала, что это глиттер и нужно наносить его под глаза, что в ТикТоке таким пользуется каждая вторая, а еще мне обязательно нужен хайлайтер. Все это звучало по-китайски, но я прислушалась — Аля вела популярный блог в Инстаграме и вообще знала многое о моде и красоте.

Не знаю, почему мы дружим — мы такие разные.

Хотя, наверное, знаю.

Когда мы вернулись в Москву после всех своих путешествий, я пошла в третий класс. Я была новенькой, и, как все новенькие, тут же подверглась шуточкам и всеобщему любопытству. Одноклассники проверяли меня на прочность — лидер я или жертва? А я была ни тем, ни другим. И, будучи домашней девочкой с двумя матерями, имела крупные шансы попасть во вторую группу.

Но вышло иначе.

В тот день – мы еще должны были после уроков отправиться на автобусную экскурсию – я стояла у батареи на перемене и читала книжку (делала вид, что читала, чтобы ко мне не приставали). Но ко мне, разумеется, пристали.

– Эй, дочь гомосятины – сказал мне один из одноклассников и выбил ногой книжку из моих рук. – Умная, что ли?

До сих пор не понимаю, откуда ему стало известно устройство моей семьи.

Он подхватил книжку и стал перебрасываться ею с другими парнями, улюлюкая и крича что-то о том, что я вшивая и от меня нужно держаться подальше, чтобы не заразиться.

Я стояла и молча на это смотрела. Слезы падали мне на новенькое клетчатое платье, и я испытывала невероятный стыд за то, что я и правда не такая, как все.

– Тушков, придурок, – сказала какая-то девочка. – Тебе заняться нечем?

– О, – Тушков с моей книгой на минуту замер. – Гляньте, кто вышел из тумана!

– А ты вышел из жопы! – отрезала девочка и вырвала у него из рук мою книжку. Все заржали, а девочка спросила: – Чья?

— Извращенки, — довольно сказал Тушков, чем вызвал новый приступ смеха у окружующих.

— Моя, — сказала я, ожидая следующего удара.

Но его не случилось.

Девочка подошла ко мне, вернула книгу и спросила:

— Это правда?

— Что?

— Ну, это. Что у тебя две матери.

— Правда.

Девочка посмотрела на свои часы. Они были огромными и висели на запястье как гиря.

— Вот, — сказала она. — Взяла у отца, чтобы посмотреть, сколько будем по музею шляться.

— Красивые, — сказала я, потому что не знала что сказать.

— Хочешь? — и она отщелкнула их одним уверенным движением. — Бери.

Я не знала что делать. Мальчишки все еще смотрели на нас, затаив дыхание.

— Бери, бери, — сказала она. — Ты ж такие небось и не видела.

У Веры, конечно, были часы. И тоже достаточно тяжелые, но мне и в голову не приходило надеть их на себя. Я подумала, что эта девочка очень смелая. И что дома ей, наверное, влетит.

— Будем дружить? — спросила она, с интересом разглядывая меня с головы до ног, как инопланетянина.

— А ты разве захочешь? — неуверенно спросила я, ожидая подвоха.

— Люблю чокнутых, — сказала девочка и добавила с сомнением: — Ты же чокнутая?

Я кивнула слишком быстро даже для чокнутой.

Лучше быть такой, чем извращенкой. Хотя в сознании восьмилеток это одно и то же.

Так мы и стали дружить.

Я не знала девчонки круче, чем Аля.

Она таскала меня на концерты и дискотеки, знакомила со своими многочисленными друзьями и всегда могла постоять за себя. И за меня.

В отличие от меня и всех моих знакомых, у Али был отец, она отца любила и проводила с ним много времени. Отец учил ее быть сильной и смелой, она умела прыгать с тарзанки и управлять катером, стрелять по мишени и нырять с аквалангом, она вообще была совершенно бесстрашной, а зимой по выходным они с отцом ездили на рыбалку.

Мой белый

Однажды я спросила ее, было ли ей когда-нибудь по-настоящему страшно. И Аля сказала после колебаний: «Было. Когда мы подружились». Потому что ей могли не простить и мы стали бы изгоями вместе.

— Тогда зачем ты впряглась за меня?

— А кто?

И правда. У Али всегда был ответ на все: а кто, если не я? Она — прирожденный друг.

«Аля, пойдешь со мной на двойное свидание? — А кто?» «Аля, дашь списать домашку? — А кто?»

Вот и сегодня. «Аля, ты же покрасишь мне волосы в синий? — А кто?» Так что она взяла черную щеточку, окунула ее в белую краску и начала меня осветлять. Сначала все получилось желтым, а потом — обратилось в синий.

Мы выпили банку пива и полезли на крышу. Я не боялась, потому что мы были вместе.

— Спасибо, что стала моей подругой, — сказала я в приливе нежности, глотая пиво на морозе.

— А кто? — привычно сказала Аля. — Кто еще будет возиться с тобой, чокнутой. Ну давай — рассказывай, что там твой лосось. Я же вижу, ты не можешь молчать.

И как она всегда знает?

— Люблю.

Ночью мы с Алькой всегда переписывались.

Женька (00:54:23)
Я так люблю его. Просто жопа!

Алька (00:54:36)
Говно!

Женька (00:54:55)
Ставки сделаны, ставок больше нет.

Глава 42

ПИРОГ И БЕЛКА

Ну вот, предпоследний штрих. Сегодня генеральный прогон — завтра концерт. Леня сказал, что придет только к репе — в школу я не пошла. Лежала, смотрела в потолок, потом на пол, придирчиво рассматривала свои ноги. Определенно Леня не влюбится в такие ноги.

Что вообще во мне любить?

Я встала и подошла к окну. Два дерева жались друг к другу, лысыми и бурыми ветками друг друга же отталкивая. Похоже на жизнь.

Открываю все время нашу с ним переписку и перечитываю. Будто надеюсь между сухих строк найти еще что-нибудь. Ростки какой-нибудь любви.

Когда я болела, он спросил меня, был ли врач.

Врач был.

Мне диагностировали любовь, она на кардиограмме, как аритмия.

Прижимаюсь лбом к окну так, что оно сейчас, кажется, лопнет. Холод сходится в одной точке. Когда у меня в детстве болел живот, я шла на уроке в туалет, задирала майку и прижималась голым животом к холодному кафелю. Не знаю, как это работает, но боль уходила.

Впрочем, сейчас не так.

Если я все же решусь когда-нибудь отправить Лене любовное письмо, возьму за основу сказку про белку, в которой нет ни слова о любви.

Потому что любовь не нуждается в словах.

Вот она:

«Однажды зимой белка написала письмо муравью:

Дорогой муравей!

Муравей муравей муравей муравей муравей муравей муравей муравей муравей дорогой муравей муравей муравей муравей муравей дорогой муравей дорогой муравей муравей. Белка».

Что мне на самом деле сейчас нужно, так это встать, поесть и подготовиться к прогону. Я заглянула в холодильник и нашла там только картофельные драники и пирог с капустой. Все из кулинарии через дорогу.

На ужин мама обычно заказывает доставку или наборы продуктов, из которых мы что-то быстро готовим прямо перед ужином.

Готовка — не наш конек, наш конек — горбунок.

Зато мама может круто еду писать. Ей даже однажды делали заказ на серию картин для ресторана.

Я грею в микроволновке драники и с трудом запихиваю их в себя, потому что внутри уже все горит и дрожит от нетерпения, а пирог кладу в пластиковый контейнер. «Наверное, он голоден», – думаю я, и радость поднимается к гортани.

Когда я говорю о чем-то – я говорю о нем.

Пою о том же.

Я прихожу на репу с тупым пакетом. Пакеты, скорее всего, не бывают тупыми, но мой именно такой. Внутри – пластиковая коробка с пирогом.

– На, – говорю я и протягиваю ему пакет – так, будто он может ударить меня током, и лучше бы его не касаться. Он смотрит на меня с удивлением, в глаза, которые пытаются спрятаться в теле, которое я пытаюсь спрятать. Он принимает тупой пакет из моей руки, вытянутой вперед, как будто это селфи-палка.

– Это пирог, – говорю я с небрежностью, доведенной до абсурда. – Подумала, вдруг ты опять не успел поесть, а у меня осталось. С обеда.

– Я не успел, – он улыбается. – Спасибо.

Я читала, конечно, что путь к сердцу возлюбленного проходит через желудок, но не очень-то верю в это. Впрочем, на войне все средства хороши.

Вот он садится как йог на пол у сцены, открывает коробку и ест мой остывший пирог. Крошки падают на пол, на губах — соус. Он даже ест красивее всех.

Неужели я смогу любить кого-то так же, как тебя?

Глава 43

БЕЖАТЬ

В зале было не протолкнуться — набились все классы и родители, учителя, даже уборщицы застыли с ведрами. Вместо занавеса нам разрешили повесить «дождик», кубометры «дождика», как в фильме «Реальная любовь» или в любом другом фильме про американскую школу. У нас-то тут не Америка, но директор пошла навстречу. «Только убирать будете сами», — сказала она. Хотя что там убирать? «Дождик» в хозяйстве неприхотлив, если только кошка его не съест и не стошнит им потом. Такое уже бывало. Но в школе нет кошек. Мы с Леней стояли на стремянках и два часа привязывали «дождик» к палке от занавеса — тяжелого и пыльного, как мешок из-под картошки. Когда мы закончили, получился «ливень».

На фоне этого ливня мы и будем выступать. Ударные, безударные. Все блестело в луче софита, направленного прямо в центр сцены.

Сначала мелкие споют про елочку. Это наш хор.

Потом средние дадут спектакль-хоррор про робота, укравшего Новый год, и алгоритм, который поможет его вернуть. Уроки программирования пользуются в нашей школе успехом.

Потом биологичка и завуч расскажут о раздельном сборе мусора. О том, как важно складывать картон в бак «Вторсырье», а собачьи какашки в «Смешанные отходы». Потому что наша школа участвует в экологическом марафоне. Мы в этом году собрали больше всех пластиковых крышечек и сделали из них карту мира.

«Мир, как мы его знали, подходит к концу», — скажет биологичка.

Зал взорвется аплодисментами.

Так написано в сценарии: «Тут зал взрывается аплодисментами». После этой фразы в сценарии некий Сережа со стендап-номером, а потом наш «Лосось».

Мы вроде как гвоздь программы. В этот момент все родители уже поддали в фойе халявного шампанского, а ученики выпили пива за гаражом. И все готовы танцевать.

Мы стояли с Леней за кулисами, а я думала о том, как провела эти два месяца, которые сошли бы за годы.

Какой ты и почему ты? Леня, я так много раз задавала себе этот вопрос. Я каждую ночь ложилась с мечтой о том, что завтра проснусь, и снова будет утро, и я увижу тебя. Ты будешь сидеть в столовке с книжкой за круглым учительским столом, волосы стекут вниз, как упавшие лианы в джунглях, ты будешь поправлять их правой рукой, забрасывать наверх, а они, непослушные, все равно будут падать. А я — на тебя смотреть.

Однажды ты повернулся, вилка застыла в руке, а я не успела отвести взгляд. Что может быть страшнее и прекраснее, чем взгляд человека, который вызывает у тебя внутреннюю турбулентность? Ты задержал свой взгляд, немного удивился, кивнул мне и помахал рукой, а меня всю лихорадило, и мне казалось, что это очевидно.

Твои глаза — нет ничего прекраснее твоих глаз. Твоих ресниц. Твоих плеч, локтей и коленок. Твоей селезенки и мышц. Мне кажется, губы горят, как я хочу тебя целовать, но ладони мои холодные, как в мороз.

Это и есть любовь, Леня.

Это и есть любовь.

Я бы ни за что не перепутала ее ни с чем другим, потому что ничто другое не заставляет меня бежать.

Так что я подхватила ноги в руки и понеслась прочь, будто вспомнила что-то очень важное, например что у меня есть ноги, и ноги нужны, чтобы бежать, а куда я бегу — совершенно не важно, просто потому что кровь моя от твоего взгляда так разгоняется по венам, что нужно ее как-то усмирить, как-то успокоить, как-нибудь снять накал.

Однажды мама взяла меня на настоящий летный тренажер, там мы сидели будто бы в кабине воздушного лайнера, и заслуженный пилот объяснял, что есть положение невозврата, так что, если опустить рычаг для взлета и самолет помчится по полосе, остановить его уже нельзя и можно только взлететь. Так вот, когда ты смотришь на меня, Леня, ты опускаешь во мне рычаг, и я взлетаю — выбора у меня нет.

И вот теперь мы за сценой. Ждем своего выхода.

Мне сложно относиться к этому как к финалу, да и какой это вообще финал?

Новогодняя ночь — всего лишь подножка, и главное ее весело проскочить.

Но я почему-то думала, что это какой-то рубеж.

Сердце мое выскакивало из-под ребер. Не потому даже, что весь зал будет смотреть на меня, а потому, что после того, как мы споем, мне придется тебе сказать.

Глава 44

5 МИНУТ

Еще пять минут, Леня, еще пять минут.

Мы стоим за кулисами, и мое сердце бешено колотится. Иногда у меня даже темнеет в глазах, и я глотаю холодную воду из бутылки.

За минуту до выхода мы встаем в круг, как футболисты, кладем руки друг другу на плечи, сходимся лбами, и Леня говорит: «Сыграем, ребята, давайте не облажаемся».

Я нахлобучиваю корону и медленно выдыхаю. Руки дрожат, но надо попытаться удержать хотя бы микрофон. Про себя я сразу решила: если что, сяду на пол, как будто так и было задумано.

Все стихло. Кто-то кашлял в зале, но в целом было оглушающе пусто. Леня шепнул: «Давайте!» И жестом, которым смахивают крошки со стола, погнал нас на сцену.

Прожектор ослепил меня, и это было кстати: я не видела в зале лиц, только слышала шепот. Как обычно, когда я оказываюсь внутри самого безнадежного страха, меня отпустило — и я подошла к микрофону, будто бы в ватном шаре, цепенея от адреналина.

Леня взял первый аккорд.

Я закрыла глаза.

Ну что?

Кажется, это случилось с нами: мы стоим на сцене плечом к плечу, он играет — я пою.

Разве не этого я хотела?

Но «в эту секунду всего этого становится недостаточно» — так сказал Гришковец в своем первом альбоме.

Люди — твари ненасытные.

Что еще рассказать про это мгновение? Однажды Вера ходила на свадьбу коллеги. По возвращении мама спросила ее: ну, что там было? Вера ответила просто: много еды, жених в черном, невеста в белом.

Так и здесь: он играл, я пела, потом все закончилось.

Музыка смолкла, и зал взорвался аплодисментами.

Мы три раза вышли на поклон, два последних Леня держал меня за руку. Это было так по-настоящему и так нереально одновременно.

Я смотрела в зал, надеясь увидеть маму и Веру, но видела только сверкающий луч софита.

Глава 45

ВСПЫШКА

Оказавшись за сценой, я отыскала полароид и сделала вид, что старательно его разглядываю, стараясь не выпускать Леню из вида. Это было глупо, но более подходящий для этой цели телефон я найти не смогла — видимо, погребен под кучей реквизита и тряпками. Если Леня сейчас уйдет — другого шанса у меня не будет. Наконец ребята разбежались, а он немного замешкался, убирая инструменты в кофры. Я набрала воздуха в легкие и подошла к нему на несгибаемых ногах.

— Леня, — сказала я.

Что говорить дальше, я не представляла: все отрепетированные фразы испарились из меня, как вода на солнце.

Он повернулся ко мне, улыбнулся и сказал:

— Это было классно! Ты отлично справилась.

Я кивнула как-то слишком резко, от чего корона немного съехала с моей головы.

Ситуация становилась комичной: он не знал, что ему делать — продолжать собираться или ждать от меня признаний.

— Было здорово, — наконец я нащупала внутри себя несколько потерянных слов. — Я хотела сказать спасибо за этот опыт. За помощь и все такое.

На этот раз кивнул он и явно выдохнул, что ему не придется сейчас оказывать мне психологическую помощь.

Я развернулась, чтобы уйти, как в тумане сделала несколько шагов и споткнулась о барабанную установку. Я упала, тарелки грохнулись друг об друга, и я поняла, что судьба таким образом дает мне самый последний шанс. Пусть я и выгляжу как полная идиотка.

Леня уже стоял у места аварии с протянутой рукой.

Вот что будет дальше: я подам ему руку и скажу, что люблю его.

Я дала ему руку, и он вытянул меня.

На свою голову.

Потом я услышала свой быстрый, сбивающийся в крик голос, хорошо, что в зале началась дискотека, хорошо, что я и сама себя почти не слышала.

«Леня, прости, я должна сказать тебе. Просто хочу, чтобы ты знал. Я люблю тебя. Ты самый лучший, я так рада, что встретила тебя. Мне ничего от тебя не нужно, я счастлива уже этим — говорить с тобой, петь с тобой, это уже очень много. Прости».

Он все еще держал меня за руку и смотрел на меня — взгляд его стал очень серьезным, а руки холодными.

— Женя... — начал было он, но я вырвалась и побежала, как бежала всякий раз, когда он смотрел на меня или когда чувства переливались через край. Я поняла, что не готова услышать «нет». Пусть он промолчит, пусть он просто не успеет ничего сказать, пусть я никогда не узнаю, чем это кончится. В этом случае есть хотя бы шанс.

«Шанс есть у всех, — однажды сказала мама. — Главное — готова ли ты за него бороться».

Я выскочила на крыльцо, просто чтобы отдышаться, остыть и немного прийти в себя — без куртки, но с полароидом через плечо — когда я бежала, он бил меня по спине, как погонщик. Выдох мой сделался облачком — поднялся вверх и исчез на фоне пропавшего звездного неба.

Боролась ли я? Да, я отчаянно воевала, зная, что все равно проиграю эту битву.

Леня вышел на крыльцо. Я не видела, но знала.

«Ты чего? – спросил он, стоя за моей спиной. – Замерзнешь же».

Леня, как я хотела бы замерзнуть. Чтобы ничего не чувствовать, не ждать, не верить глупому своему сердцу.

«Жарко!» – я повернулась к нему и засмеялась как пьяная, как безумная, как окончательно слетевшая с катушек.

Он неуверенно улыбнулся, за плечо притянул к себе и сказал: «Женя, ты очень хорошая. Мир огромен. Все будет хорошо».

Я кивнула и обняла его, изо всех сил обняла, понимая, насколько это бессмысленно. И тут – как будто там, наверху, кто-то завел и выпустил пружину – посыпался снег. Крупный, влажный и тихий, он с шероховатым звуком сыпался прямо на мою корону.

Мой невозможный, мой долгожданный, мой белый.

За Лениной спиной начал потихоньку собираться народ – все выбежали смотреть на первый снег, такой запоздалый в этом году. Я увидела маму и Веру, как они стоят вместе, так близко – впервые за несколько лет. Снег летел крупный и частый, как будто пытался наверстать пропущенные месяцы.

Вера достала телефон и приложила его к уху.

«Привет, — сказала она, улыбаясь. — Снег идет, посмотри».

Я подумала: а что, если суть любви в ее подобии «Титанику»?

Если суть любви в том, чтобы стоять вот так: на голову сыплется снег, первый в этом году, и он по-дружески обнял вас, как собаку, и у вас земля из-под ног уходит от счастья, и ничего главнее этого момента не придумала жизнь?

Или в том, чтобы стоять рядом, зная, что все закончилось и больше уже ничего не будет, но не хотеть моментально убить друг друга, а просто вместе смотреть, как поет ваша дочь?

Снег выпал, а я забыла загадать желание.

Я сделала шаг назад, и мир разлетелся на куски.

На самом деле нет — все осталось как было. Ничего не произошло: снег летел — люди стояли. Странные люди на странном крыльце.

Тогда я взяла полароид, прицелилась и сделала фото.

Оглавление

Оглавление

Литературно-художественное издание

Буржская Ксения

МОЙ БЕЛЫЙ

Ответственный редактор *Ю. Селиванова*
Литературный редактор *И. Толстикова*
Младший редактор *Е. Шукшина*
Художественный редактор *К. Гусарев*
Технический редактор *Г. Романова*
Компьютерная верстка *Е. Киселевой*
Корректор *Е. Шершнева*

В оформлении переплета использована фотография:
© Alastair Wallace / Shutterstock.com
Используется по лицензии от Shutterstock.com

Страна происхождения: Российская Федерация
Шығарылған елі: Ресей Федерациясы

ООО «Издательство «Эксмо»
123308, Россия, город Москва, улица Зорге, дом 1, строение 1, этаж 20, каб. 2013.
Тел.: 8 (495) 411-68-86.
Home page: www.eksmo.ru E-mail: info@eksmo.ru
Өндіруші: «ЭКСМО» АҚБ Баспасы,
123308, Ресей, қала Мәскеу, Зорге көшесі, 1 үй, 1 ғимарат, 20 қабат, офис 2013 ж.
Тел.: 8 (495) 411-68-86.
Home page: www.eksmo.ru E-mail: info@eksmo.ru.
Тауар белгісі: «Эксмо»
Интернет-магазин : www.book24.ru

Интернет-магазин : www.book24.kz
Интернет-дүкен : www.book24.kz
Импортёр в Республику Казахстан ТОО «РДЦ-Алматы».
Қазақстан Республикасындағы импорттаушы «РДЦ-Алматы» ЖШС.
Дистрибьютор и представитель по приему претензий на продукцию,
в Республике Казахстан: ТОО «РДЦ-Алматы»
Қазақстан Республикасында дистрибьютор және өнім бойынша арыз-талаптарды
қабылдаушының өкілі «РДЦ-Алматы» ЖШС,
Алматы қ., Домбровский көш., 3«а», литер Б, офис 1.
Тел.: 8 (727) 251-59-90/91/92; E-mail: RDC-Almaty@eksmo.kz
Өнімнің жарамдылық мерзімі шектелмеген.
Сертификация туралы ақпарат сайтта: www.eksmo.ru/certification

18+

Сведения о подтверждении соответствия издания согласно законодательству РФ
о техническом регулировании можно получить на сайте Издательства «Эксмо»
www.eksmo.ru/certification
Өндірген мемлекет: Ресей. Сертификация қарастырылмаған

Дата изготовления / Подписано в печать 08.12.2020. Формат 84х108 $^{1}/_{32}$.
Гарнитура «PT Sans Pro». Печать офсетная. Усл. печ. л. 13,44.
Тираж 2 000 экз. Заказ 8057.

Отпечатано с электронных носителей издательства.
ОАО "Тверской полиграфический комбинат". 170024, Россия, г. Тверь, пр-т Ленина, 5.
Телефон: (4822) 44-52-03, 44-50-34, Телефон/факс: (4822)44-42-15
Home page - www.tverpk.ru Электронная почта (E-mail) - sales@tverpk.ru